FOLIO BILINGUE

John Steinbeck

Des souris et des hommes

Of Mice and Men

Traduit de l'anglais (États-Unis) par M.-E. Coindreau

Gallimard

La traduction en langue française a été légèrement adaptée pour cette édition Folio Bilingue.

John Steinbeck est né à Salinas, en Californie – région qu'il a décrite dans plusieurs romans et nouvelles – en 1902. D'origine allemande et irlandaise, il a grandi dans une famille typiquement américaine, laborieuse et provinciale : son père était fonctionnaire et sa mère institutrice.

Il exerce divers métiers pour payer ses études à l'université Stanford et travaille notamment dans des ranches, où il découvre la vie des journaliers mexicains, expérience dont il s'inspirera dans toute son œuvre. Il laisse tomber l'université et se rend à New York comme reporter, mais, souffrant de l'atmosphère de la ville, il retourne en Californie. Il écrit *La coupe d'or,* roman d'aventures publié en 1929. Encouragé, il décide de se consacrer à la littérature. Paraissent successivement *Tortilla Flat* (1935), *En un combat douteux* (1936) et *Des souris et des hommes* (1937). Puis il publie en 1939 son œuvre majeure, *Les raisins de la colère,* souvent considérée comme le plus grand roman décrivant la crise sociale qui sévissait à l'époque. Hollywood s'intéresse à lui et plusieurs de ses romans sont adaptés au cinéma, souvent par lui-même, ce qui lui apporte un surcroît de célébrité. Le prix Nobel couronne son œuvre en 1962. Il passe les dernières années de sa vie entre New York et Sag Harbor, en compagnie de sa troisième femme. Il meurt à New York en 1968.

Écrivain engagé, John Steinbeck est l'un des plus grands auteurs américains du XXe siècle.

A few miles south of Soledad, the Salinas River drops in close to the hillside bank and runs deep and green. The water is warm too, for it has slipped twinkling over the yellow sands in the sunlight before reaching the narrow pool. On one side of the river the golden foothill slopes curve up to the strong and rocky Gabilan mountains, but on the valley side the water is lined with trees—willows fresh and green with every spring, carrying in their lower leaf junctures the debris of the winter's flooding; and sycamores with mottled, white, recumbent limbs and branches that arch over the pool. On the sandy bank under the trees the leaves lie deep and so crisp that a lizard makes a great skittering if he runs among them. Rabbits come out of the brush to sit on the sand in the evening, and the damp flats are covered with the night tracks of 'coons, and with the spread pads

À quelques milles au sud de Soledad, la Salinas descend tout contre le flanc de la colline et coule, profonde et verte. L'eau est tiède aussi, car, avant d'aller dormir en un bassin étroit, elle a glissé, miroitante au soleil, sur les sables jaunes. D'un côté de la rivière, les versants dorés de la colline montent en s'incurvant jusqu'aux masses rocheuses des monts Gabilan, mais, du côté de la vallée, l'eau est bordée d'arbres : des saules, d'un vert jeune quand arrive le printemps, et dont les feuilles inférieures retiennent à leurs intersections les débris déposés par les crues de l'hiver ; des sycomores aussi, dont le feuillage et les branches marbrées s'allongent et forment voûte au-dessus de l'eau dormante. Sur la rive sablonneuse, les feuilles forment, sous les arbres, un tapis épais et si sec que la fuite d'un lézard y éveille un long crépitement. Le soir, les lapins, quittant les fourrés, viennent s'asseoir sur le sable, et les endroits humides portent les traces nocturnes des ratons laveurs, des grosses pattes

of dogs from the ranches, and with the split-wedge tracks of deer that come to drink in the dark.

There is a path through the willows and among the sycamores, a path beaten hard by boys coming down from the ranches to swim in the deep pool, and beaten hard by tramps who come wearily down from the highway in the evening to jungle-up near water. In front of the low horizontal limb of a giant sycamore there is an ash pile made by many fires; the limb is worn smooth by men who have sat on it.

Evening of a hot day started the little wind to moving among the leaves. The shade climbed up the hills toward the top. On the sand banks the rabbits sat as quietly as little gray, sculptured stones. And then from the direction of the state highway came the sound of footsteps on crisp sycamore leaves. The rabbits hurried noiselessly for cover. A stilted heron labored up into the air and pounded down river. For a moment the place was lifeless, and then two men emerged from the path and came into the opening by the green pool.

They had walked in single file down the path, and even in the open one stayed behind the other. Both were dressed in denim trousers and in denim coats with brass buttons. Both wore black, shapeless hats and both carried

des chiens des ranches, et des sabots fourchus des cerfs qui viennent boire dans l'obscurité.

Il y a un sentier à travers les saules et parmi les sycomores, un sentier battu par les enfants qui descendent des ranches pour se baigner dans l'eau profonde, battu par les vagabonds qui, le soir, descendent de la grand-route, fatigués, pour camper sur le bord de l'eau. Devant la branche horizontale et basse d'un sycomore géant, un tas de cendres atteste les nombreux feux de bivouac ; et la branche est usée et polie par tous les hommes qui s'y sont assis.

Au soir d'un jour très chaud, une brise légère commençait à frémir dans les feuilles. L'ombre montait vers le haut des collines. Sur les rives sablonneuses, les lapins s'étaient assis, immobiles, comme de petites pierres grises, sculptées. Et puis, du côté de la grand-route, un bruit de pas se fit entendre, parmi les feuilles sèches des sycomores. Furtivement, les lapins s'enfuirent vers leur gîte. Un héron guindé s'éleva lourdement et survola la rivière de son vol pesant. Toute vie cessa pendant un instant, puis deux hommes débouchèrent du sentier et s'avancèrent dans la clairière, au bord de l'eau verte.

Ils avaient descendu le sentier à la file indienne, et, même en terrain découvert, ils restaient l'un derrière l'autre. Ils étaient vêtus tous les deux de pantalons et de vestes en serge de coton bleue à boutons de cuivre. Tous deux étaient coiffés de chapeaux noirs informes, et tous deux portaient

tight blanket rolls slung over their shoulders. The first man was small and quick, dark of face, with restless eyes and sharp, strong features. Every part of him was defined: small, strong hands, slender arms, a thin and bony nose. Behind him walked his opposite, a huge man, shapeless of face, with large, pale eyes, with wide, sloping shoulders; and he walked heavily, dragging his feet a little, the way a bear drags his paws. His arms did not swing at his sides, but hung loosely.

The first man stopped short in the clearing, and the follower nearly ran over him. He took off his hat and wiped the sweat-band with his forefinger and snapped the moisture off. His huge companion dropped his blankets and flung himself down and drank from the surface of the green pool; drank with long gulps, snorting into the water like a horse. The small man stepped nervously beside him.

"Lennie!" he said sharply. "Lennie, for God' sakes don't drink so much." Lennie continued to snort into the pool. The small man leaned over and shook him by the shoulder. "Lennie. You gonna be sick like you was last night."

Lennie dipped his whole head under, hat and all, and then he sat up on the bank and his hat dripped down on his blue coat and ran down his back. "Tha's good," he said. "You drink some, George. You take a good big drink." He smiled happily.

sur l'épaule un rouleau serré de couvertures. L'homme qui marchait en tête était petit et vif, brun de visage, avec des yeux inquiets et perçants, des traits marqués. Tout en lui était défini : des mains petites et fortes, des bras minces, un nez fin et osseux. Il était suivi par son contraire, un homme énorme, au visage informe, avec de grands yeux pâles et de larges épaules tombantes. Il marchait lourdement, en traînant un peu les pieds comme un ours traîne les pattes. Ses bras, sans osciller, pendaient ballants à ses côtés.

Le premier homme s'arrêta net dans la clairière, et son compagnon manqua de lui tomber dessus. Il enleva son chapeau et en essuya le cuir avec l'index qu'il fit claquer pour en faire égoutter la sueur. Son camarade immense laissa tomber ses couvertures et, se jetant à plat ventre, se mit à boire à la surface de l'eau verte. Il buvait à grands coups, en renâclant dans l'eau comme un cheval. Le petit homme s'approcha de lui nerveusement.

« Lennie, dit-il sèchement, Lennie, nom de Dieu, ne bois pas tant que ça. » Lennie continuait à renâcler dans l'eau dormante. Le petit homme se pencha et le secoua par l'épaule. « Lennie, tu vas te rendre malade comme la nuit dernière. »

Lennie plongea toute la tête sous l'eau, y compris le chapeau, puis il s'assit sur la rive, et son chapeau s'égoutta sur sa veste bleue et lui dégoulina dans le dos. « C'est bon, dit-il. Bois-en un peu, George. Bois-en une bonne lampée. » Il souriait d'un air heureux.

George unslung his bindle and dropped it gently on the bank. "I ain't sure it's good water," he said. "Looks kinda scummy."

Lennie dabbled his big paw in the water and wiggled his fingers so the water arose in little splashes; rings widened across the pool to the other side and came back again. Lennie watched them go. "Look, George. Look what I done."

George knelt beside the pool and drank from his hand with quick scoops. "Tastes all right," he admitted. "Don't really seem to be running, though. You never oughtta drink water when it ain't running, Lennie," he said hopelessly. "You'd drink out of a gutter if you was thirsty." He threw a scoop of water into his face and rubbed it about with his hand, under his chin and around the back of his neck. Then he replaced his hat, pushed himself back from the river, drew up his knees and embraced them. Lennie, who had been watching, imitated George exactly. He pushed himself back, drew up his knees, embraced them, looked over to George to see whether he had it just right. He pulled his hat down a little more over his eyes, the way George's hat was.

George stared morosely at the water. The rims of his eyes were red with sun glare. He said angrily, "We could just as well of rode clear to the ranch if that bastard bus driver knew what he was talkin' about. 'Jes' a little stretch down the highway,'

George détacha son ballot et le posa doucement par terre. « J'suis point sûr que cette eau soit bonne, dit-il. Elle m'a l'air d'avoir de l'écume. »

Lennie trempa sa grosse patte dans l'eau et, agitant les doigts, la fit légèrement éclabousser. Des cercles s'élargirent jusque sur l'autre rive et revinrent vers leur point de départ. Lennie les observait. « Regarde, George, regarde ce que j'ai fait. »

George s'agenouilla au bord de l'eau et but dans sa main, à petits coups rapides. « Au goût, elle a l'air bonne, admit-il. Pourtant, elle n'a pas l'air courante. Tu devrais jamais boire d'eau qu'est pas courante, Lennie, dit-il d'un ton découragé. Tu boirais dans un égout si t'avais soif. » Il se jeta de l'eau à la figure, et se débarbouilla, avec la main, sous le menton et autour de la nuque. Puis il remit son chapeau, s'éloigna un peu du bord de l'eau, releva les genoux qu'il entoura de ses deux bras. Lennie, qui l'avait observé, imita George en tous points. Il se recula, remonta les genoux, les prit dans ses mains et regarda George pour voir s'il avait bien tout fait comme il fallait. Il rabattit un peu plus son chapeau sur ses yeux, afin qu'il fût exactement comme le chapeau de George.

George, mélancoliquement, regardait l'eau. Le soleil lui avait rougi le bord des yeux. Il dit, furieux : « Nous aurions pu tout aussi bien rouler jusqu'au ranch, si ce salaud de conducteur avait su ce qu'il disait. "Vous avez plus qu'un petit bout de chemin à faire sur la grand-route,

he says. 'Jes' a little stretch.' God damn near four miles, that's what it was! Didn't wanta stop at the ranch gate, that's what. Too God damn lazy to pull up. Wonder he isn't too damn good to stop in Soledad at all. Kicks us out and says, 'Jes' a little stretch down the road.' I bet it was *more* than four miles. Damn hot day."

Lennie looked timidly over to him. "George?"

"Yeah, what ya want?"

"Where we goin', George?"

The little man jerked down the brim of his hat and scowled over at Lennie. "So you forgot that awready, did you? I gotta tell you again, do I? Jesus Christ, you're a crazy bastard!"

"I forgot," Lennie said softly. "I tried not to forget. Honest to God I did, George."

"O.K.—O.K. I'll tell ya again. I ain't got nothing to do. Might jus' as well spen' all my time tellin' you things and then you forget 'em, and I tell you again."

"Tried and tried," said Lennie, "but it didn't do no good. I remember about the rabbits, George."

"The hell with the rabbits. That's all you ever can remember is them rabbits. O.K.! Now you listen and this time you got to remember so we don't get in no trouble. You remember settin' in that gutter

qu'il disait, plus qu'un petit bout de chemin." Bon Dieu, près de quatre milles, c'est ça qu'il y avait ! Seulement, la vérité, c'est qu'il n'voulait pas s'arrêter à la grille du ranch. Bien trop feignant pour ça. J'me demande s'il n'croit pas au-dessous de lui de s'arrêter à Soledad. Il nous fout dehors, et puis il dit : "Plus qu'un petit bout de chemin sur la grand-route." J'parie qu'il y avait *plus* de quatre milles. Il fait bougrement chaud. »

Lennie le regardait timidement.

« George ?

— Ouais, qué que tu veux ?

— Où c'est-il qu'on va, George ? »

D'une secousse le petit homme rabattit le bord de son chapeau et jeta sur Lennie un regard menaçant. « Alors, t'as déjà oublié ça, hein ? Il va falloir encore que je te le redise ? Nom de Dieu, ce que tu peux être con tout de même !

— J'ai oublié, dit Lennie doucement. J'ai essayé d'pas oublier. Vrai de vrai, j'ai essayé, George.

— C'est bon, c'est bon. J'vais te l'redire. J'ai rien à faire. Autant passer mon temps à te dire les choses, et puis tu les oublies, et puis faut que je te les redise.

— J'ai essayé et essayé, dit Lennie, seulement ça a servi de rien. J'me rappelle les lapins, George.

— Fous-moi la paix avec tes lapins. Y a que ça que tu peux te rappeler, les lapins. Allons ! Maintenant, écoute, et, cette fois, tâche de te rappeler pour qu'on ait pas des embêtements. Tu te rappelles quand t'étais assis sur le bord du trottoir,

on Howard Street and watchin' that blackboard?"

Lennie's face broke into a delighted smile. "Why sure, George, I remember that… but… what'd we do then? I remember some girls come by and you says… you say…"

"The hell with what I says. You remember about us goin' into Murray and Ready's, and they give us work cards and bus tickets?"

"Oh, sure, George. I remember that now." His hands went quickly into his side coat pockets. He said gently, "George… I ain't got mine. I musta lost it." He looked down at the ground in despair.

"You never had none, you crazy bastard. I got both of 'em here. Think I'd let you carry your own work card?"

Lennie grinned with relief. "I… I thought I put it in my side pocket." His hand went into the pocket again.

George looked sharply at him. "What'd you take outta that pocket?"

"Ain't a thing in my pocket," Lennie said cleverly.

"I know there ain't. You got it in your hand. What you got in your hand—hidin' it?"

"I ain't got nothin', George. Honest."

"Come on, give it here."

dans Howard Street, et que tu regardais ce tableau noir ? »

Un sourire ravi éclaira le visage de Lennie. « Pour sûr, George, que j'me rappelle ça… mais… qu'est-ce qu'on a fait après ? J'me rappelle qu'il y a des femmes qu'ont passé et que t'as dit… t'as dit…

— T'occupe pas de ce que j'ai dit. Tu te rappelles que nous sommes allés chez Murray and Ready, et qu'on nous y a donné des cartes de travail et des billets d'autobus ?

— Oui, bien sûr, George, je m'rappelle ça, maintenant. » Ses mains disparurent brusquement dans les poches de côté de sa veste. Il dit doucement : « George… J'ai pas la mienne. J'dois l'avoir perdue. » Désespéré, il regardait par terre.

« Tu l'as jamais eue, bougre de couillon. Je les ai toutes les deux ici. Tu te figures que j'te laisserais porter ta carte de travail ? »

Lennie fit une grimace de soulagement. « Je… je croyais que j'l'avais mise dans ma poche. » Sa main disparut de nouveau dans sa poche.

George lui jeta un regard aigu. « Qu'est-ce que tu viens de tirer de cette poche ?

— Y a rien dans ma poche, dit Lennie avec astuce.

— Je l'sais bien. Tu l'as dans ta main. Qu'est-ce que t'as dans la main, que tu caches ?

— J'ai rien, George. Bien vrai.

— Allons, donne-moi ça. »

Lennie held his closed hand away from George's direction. "It's on'y a mouse, George."

"A mouse? A live mouse?"

"Uh-uh. Jus' a dead mouse, George. I didn' kill it. Honest! I found it. I found it dead."

"Give it here!" said George.

"Aw, leave me have it, George."

"Give it here!"

Lennie's closed hand slowly obeyed. George took the mouse and threw it across the pool to the other side, among the brush. "What you want of a dead mouse, anyways?"

"I could pet it with my thumb while we walked along," said Lennie.

"Well, you ain't petting no mice while you walk with me. You remember where we're goin' now?"

Lennie looked startled and then in embarrassment hid his face against his knees. "I forgot again."

"Jesus Christ," George said resignedly. "Well—look, we're gonna work on a ranch like the one we come from up north."

"Up north?"

"In Weed."

"Oh, sure. I remember. In Weed."

"That ranch we're goin' to is right down there about a quarter mile. We're gonna go in an' see the boss. Now, look—I'll give him the work tickets, but you ain't gonna say a word.

Lennie tenait sa main fermée aussi loin que possible de George. « C'est rien qu'une souris, George.

— Une souris ? Une souris vivante ?

— Euh... Rien qu'une souris morte, George. J'l'ai pas tuée. Vrai ! J'l'ai trouvée. J'l'ai trouvée morte.

— Donne-la-moi ! dit George.

— Oh ! laisse-la-moi, George.

— *Donne-la-moi !* »

La main fermée de Lennie obéit lentement. George prit la souris et la lança de l'autre côté de la rivière, dans les broussailles. « Qu'est-ce que tu peux bien faire d'une souris morte ?

— J'pouvais la caresser avec mon pouce pendant qu'on marchait, dit Lennie.

— Ben, tu te dispenseras de caresser des souris quand tu marches avec moi. Tu te rappelles où on va maintenant ? »

Lennie eut l'air étonné, puis confus ; il se cacha la figure sur les genoux. « J'ai encore oublié.

— Nom de Dieu ! dit George avec résignation. Eh bien, écoute, nous allons travailler dans un ranch comme celui d'où nous venons, dans le Nord.

— Dans le Nord ?

— À Weed.

— Oh ! oui. Je m'rappelle. À Weed.

— Ce ranch où nous allons est là, tout près, à environ un quart de mille. On va entrer voir le patron. Maintenant, écoute... Je lui donnerai nos cartes de travail, mais tu ne diras pas un mot.

You jus' stand there and don't say nothing. If he finds out what a crazy bastard you are, we won't get no job, but if he sees ya work before he hears ya talk, we're set. Ya got that?"

"Sure, George. Sure I got it."

"O.K. Now when we go in to see the boss, what you gonna do?"

"I... I," Lennie thought. His face grew tight with thought. "I... ain't gonna say nothin'. Jus' gonna stan' there."

"Good boy. That's swell. You say that over two, three times so you sure won't forget it."

Lennie droned to himself softly, "I ain't gonna say nothin'... I ain't gonna say nothin'... I ain't gonna say nothin'."

"O.K.," said George. "An' you ain't gonna do no bad things like you done in Weed, neither."

Lennie looked puzzled. "Like I done in Weed?"

"Oh, so ya forgot that too, did ya? Well, I ain't gonna remind ya, fear ya do it again."

A light of understanding broke on Lennie's face. "They run us outta Weed," he exploded triumphantly.

"Run us out, hell," said George disgustedly. "We run. They was lookin' for us, but they didn't catch us."

Lennie giggled happily. "I didn't forget that, you bet."

Tu resteras là sans rien dire. S'il s'aperçoit combien que t'es idiot, il nous embauchera pas, mais s'il te voit travailler avant de t'entendre parler, ça ira. T'as compris ?

— Pour sûr, George, pour sûr, que j'ai compris.

— C'est bon. Alors, quand on ira trouver le patron, qu'est-ce que tu feras ?

— Je... je... – Lennie réfléchissait. Son visage se tendait sous l'effort de la pensée. – Je... j'dirai rien. J'resterai là, comme ça.

— Bravo. C'est très bien. Répète ça deux ou trois fois pour être sûr de pas l'oublier. »

Lennie murmura en lui-même doucement : « J'dirai rien... J'dirai rien... J'dirai rien.

— Bon, dit George. Et puis, tu tâcheras aussi d'pas faire des vilaines choses comme t'as fait à Weed. »

Lennie avait l'air étonné : « Comme j'ai fait à Weed ?

— Oh ! t'as donc oublié ça aussi, hein ? Ben, j'te le rappellerai pas, de peur que tu le fasses encore. »

Une lueur d'intelligence apparut sur le visage de Lennie. « On nous a chassés de Weed, dit-il dans une explosion de triomphe.

— On nous a chassés, j't'en fous, dit George avec dégoût. C'est nous qui nous sommes sauvés. On nous a cherchés, mais on ne nous a pas trouvés. »

Lennie ricana joyeusement. « Ça, j'l'ai pas oublié, j't'assure. »

George lay back on the sand and crossed his hands under his head, and Lennie imitated him, raising his head to see whether he were doing it right. "God, you're a lot of trouble," said George. "I could get along so easy and so nice if I didn't have you on my tail. I could live so easy and maybe have a girl."

For a moment Lennie lay quiet, and then he said hopefully, "We gonna work on a ranch, George."

"Awright. You got that. But we're gonna sleep here because I got a reason."

The day was going fast now. Only the tops of the Gabilan mountains flamed with the light of the sun that had gone from the valley. A water snake slipped along on the pool, its head held up like a little periscope. The reeds jerked slightly in the current. Far off toward the highway a man shouted something, and another man shouted back. The sycamore limbs rustled under a little wind that died immediately.

"George—why ain't we goin' on to the ranch and get some supper? They got supper at the ranch."

George rolled on his side. "No reason at all for you. I like it here. Tomorra we're gonna go to work. I seen thrashin' machines on the way down. That means we'll be bucking grain bags, bustin' a gut. Tonight I'm gonna lay right here and look up. I like it."

George s'allongea sur le sable et mit ses mains sous sa tête, et Lennie l'imita, levant la tête pour voir s'il faisait bien les choses comme il fallait. « Bon Dieu, tu peux dire que t'es dérangeant, dit George. Si j't'avais pas à mes trousses, j'pourrais me débrouiller si bien, et si facilement. J'pourrais avoir une vie si facile, et avoir une femme, peut-être bien. »

Lennie resta un moment étendu, tranquille ; puis il dit, plein d'espoir : « On va travailler dans un ranch, George.

— Très bien. T'as compris ça. Mais nous allons dormir ici, parce que j'ai mes raisons. »

Le jour tombait vite maintenant. Seul, le sommet des monts Gabilan flambait encore aux rayons du soleil qui avait quitté la vallée. Un serpent ondula dans l'eau, la tête dressée comme un petit périscope. Les roseaux s'agitaient faiblement au fil du courant. Au loin, vers la grand-route, un homme cria quelque chose, et un autre homme lui répondit. Les branches des sycomores frémirent sous une brise légère qui s'éteignit immédiatement.

« George, pourquoi qu'on n'va pas au ranch pour chercher à souper ? On donne à souper dans le ranch. »

George roula sur le côté. « Pas la moindre raison pour toi. Moi je m'plais ici. Demain, on ira travailler. J'ai vu des machines à battre en venant. Ce qui prouve qu'il faudra charrier des sacs de grains, se faire péter les boyaux. Cette nuit, j'vais rester ici même, couché sur le dos. Ça me plaît. »

Lennie got up on his knees and looked down at George. "Ain't we gonna have no supper?"

"Sure we are, if you gather up some dead willow sticks. I got three cans of beans in my bindle. You get a fire ready. I'll give you a match when you get the sticks together. Then we'll heat the beans and have supper."

Lennie said, "I like beans with ketchup."

"Well, we ain't got no ketchup. You go get wood. An' don't you fool around. It'll be dark before long."

Lennie lumbered to his feet and disappeared in the brush. George lay where he was and whistled softly to himself. There were sounds of splashings down the river in the direction Lennie had taken. George stopped whistling and listened. "Poor bastard," he said softly, and then went on whistling again.

In a moment Lennie came crashing back through the brush. He carried one small willow stick in his hand. George sat up. "Awright," he said brusquely. "Gi'me that mouse!"

But Lennie made an elaborate pantomime of innocence. "What mouse, George? I ain't got no mouse."

George held out his hand. "Come on. Give it to me. You ain't puttin' nothing over."

Lennie hesitated, backed away, looked wildly at the brush line as though he contemplated running for his freedom. George said coldly, "You gonna give me that mouse or do I have to sock you?"

Lennie se mit à genoux et regarda George. « Alors, on n'va pas manger ?

— Si, bien sûr, si tu vas m'chercher du bois mort. J'ai trois boîtes de haricots dans mon ballot. Prépare le feu. J'te donnerai une allumette quand t'auras amassé le bois. Ensuite, on fera cuire les haricots et on dînera. »

Lennie dit : « Les haricots, j'les aime avec du coulis de tomates.

— Oui, ben on n'en a pas de coulis de tomates. Va chercher du bois. Et puis, ne va pas vadrouiller. Il va faire noir dans pas longtemps. »

Lennie se remit debout lourdement et disparut dans les fourrés. George resta étendu où il était et sifflota doucement pour lui-même. Dans la direction que Lennie avait prise des bruits d'éclaboussement sortirent de la rivière. George s'arrêta de siffler et écouta. « Pauvre bougre », dit-il doucement, et il se remit à siffler.

Bientôt Lennie revint à travers les broussailles. Il ne portait qu'un petit morceau de saule dans la main. George se mit sur son séant. « Ça va, dit-il brusquement, donne-moi cette souris ! »

Lennie se livra à une pantomime d'innocence compliquée. « Quelle souris, George ? J'ai pas d'souris. »

George tendit la main. « Allons, donne-la-moi. Faut pas me la faire. »

Lennie hésita, recula, jeta un regard éperdu vers la ligne des fourrés, comme s'il songeait à recouvrer sa liberté en s'enfuyant. George lui dit froidement : « Tu vas me donner cette souris, ou bien c'est-il que tu veux mon poing sur la gueule ?

"Give you what, George?"

"You know God damn well what. I want that mouse."

Lennie reluctantly reached into his pocket. His voice broke a little. "I don't know why I can't keep it. It ain't nobody's mouse. I didn't steal it. I found it lyin' right beside the road."

George's hand remained outstretched imperiously. Slowly, like a terrier who doesn't want to bring a ball to its master, Lennie approached, drew back, approached again. George snapped his fingers sharply, and at the sound Lennie laid the mouse in his hand.

"I wasn't doin' nothing bad with it, George. Jus' strokin' it."

George stood up and threw the mouse as far as he could into the darkening brush, and then he stepped to the pool and washed his hands. "You crazy fool. Don't you think I could see your feet was wet where you went acrost the river to get it?" He heard Lennie's whimpering cry and wheeled about. "Blubberin' like a baby! Jesus Christ! A big guy like you." Lennie's lip quivered and tears started in his eyes. "Aw, Lennie!" George put his hand on Lennie's shoulder. "I ain't takin' it away jus' for meanness. That mouse ain't fresh, Lennie; and besides, you've broke it pettin' it. You get another mouse that's fresh and I'll let you keep it a little while."

— Te donner quoi, George ?

— Tu le sais foutre bien. Je veux cette souris. »

À contrecœur, Lennie chercha dans sa poche. Sa voix chevrota légèrement. « J'sais pas pourquoi j'peux pas la garder. Elle n'est à personne, cette souris. J'l'ai pas volée. J'l'ai trouvée morte sur le bord de la route. »

La main de George restait impérieusement tendue. Lentement, comme un terrier qui ne veut pas rapporter la balle à son maître, Lennie s'approcha, recula, s'approcha encore. George fit claquer sèchement ses doigts et, à ce bruit, Lennie lui mit la souris dans la main.

« J'faisais rien de mal avec elle, George. J'faisais rien que la caresser. »

George se leva et jeta la souris aussi loin qu'il put dans l'ombre des fourrés, puis il s'approcha de l'eau et se lava les mains. « Bougre d'idiot. Tu pensais que j'verrais pas que t'avais les pieds mouillés, là où que t'as traversé la rivière pour aller la chercher ? » Il entendit Lennie pleurnicher et il se retourna vivement. « V'là que tu brailles comme un bébé ! Nom de Dieu ! Un grand gars comme toi ! » La lèvre de Lennie tremblotait, et il avait les yeux pleins de larmes. « Oh ! Lennie ! » George posa la main sur l'épaule de Lennie. « Je l'ai pas prise pour être méchant. Cette souris est pas fraîche, Lennie, et en plus, tu l'as toute abîmée à force de la caresser. T'as qu'à trouver une autre souris, une fraîche, et j'te permettrai de la garder un petit peu. »

Lennie sat down on the ground and hung his head dejectedly. “I don’t know where there is no other mouse. I remember a lady used to give ’em to me—ever’ one she got. But that lady ain’t here.”

George scoffed. “Lady, huh? Don’t even remember who that lady was. That was your own Aunt Clara. An’ she stopped givin’ ’em to ya. You always killed ’em.”

Lennie looked sadly up at him. “They was so little,” he said, apologetically. “I’d pet ’em, and pretty soon they bit my fingers and I pinched their heads a little and then they was dead—because they was so little.

“I wisht we’d get the rabbits pretty soon, George. They ain’t so little.”

“The hell with the rabbits. An’ you ain’t to be trusted with no live mice. Your Aunt Clara give you a rubber mouse and you wouldn’t have nothing to do with it.”

“It wasn’t no good to pet,” said Lennie.

The flame of the sunset lifted from the mountaintops and dusk came into the valley, and a half darkness came in among the willows and the sycamores. A big carp rose to the surface of the pool, gulped air and then sank mysteriously into the dark water again, leaving widening rings on the water. Overhead the leaves whisked again and little puffs of willow cotton blew down and landed on the pool’s surface.

Lennie s'assit par terre et baissa la tête tristement. « J'sais pas où il y en a, des souris. J'me rappelle une dame qui m'en donnait... toutes celles qu'elle attrapait. Mais cette dame n'est pas là. »

George se moqua. « Une dame, hein ? Tu te rappelles même pas qui c'était, cette dame. C'était ta propre tante Clara. Et elle a cessé de te les donner. Tu les tuais toujours. »

Lennie le regarda tristement. « Elles étaient si petites, dit-il pour s'excuser. J'les caressais, et puis bientôt, elles me mordaient les doigts, alors, je leur pressais un peu la tête, et puis elles étaient mortes... parce qu'elles étaient si petites.

« George, j'voudrais bien qu'on les ait bientôt, les lapins. Ils n'sont pas si petits.

— Fous-moi la paix avec tes lapins. On n'peut même pas te confier des souris vivantes. Ta tante Clara t'a donné une souris en caoutchouc, mais t'en as jamais fait de cas.

— Elle était pas agréable à caresser », dit Lennie.

Les feux du crépuscule s'élevaient au-dessus du sommet des montagnes, et l'obscurité tombait dans la vallée. Sous les saules et les sycomores, les ténèbres étaient presque complètes. Une grosse carpe monta à la surface de l'eau, prit une gorgée d'air, puis se renfonça mystérieusement dans l'eau noire, laissant des cercles s'élargir sur l'eau. Au-dessus d'eux, les feuilles recommencèrent à frémir, et des houppettes de graines de saules s'envolèrent et allèrent se poser à la surface de l'eau.

"You gonna get that wood?" George demanded. "There's plenty right up against the back of that sycamore. Floodwater wood. Now you get it."

Lennie went behind the tree and brought out a litter of dried leaves and twigs. He threw them in a heap on the old ash pile and went back for more and more. It was almost night now. A dove's wings whistled over the water. George walked to the fire pile and lighted the dry leaves. The flame cracked up among the twigs and fell to work. George undid his bindle and brought out three cans of beans. He stood them about the fire, close in against the blaze, but not quite touching the flame.

"There's enough beans for four men," George said.

Lennie watched him from over the fire. He said patiently, "I like 'em with ketchup."

"Well, we ain't got any," George exploded. "Whatever we ain't got, that's what you want. God a'mighty, if I was alone I could live so easy. I could go get a job an' work, an' no trouble. No mess at all, and when the end of the month come I could take my fifty bucks and go into town and get whatever I want. Why, I could stay in a cat house all night. I could eat any place I want, hotel or any place, and order any damn thing I could think of. An' I could do all that every damn month. Get a gallon of whisky,

« Et ce bois, tu vas aller le chercher ? demanda George. Y en a toute une pile derrière ce sycomore. Des débris d'inondation. Va le chercher. »

Lennie passa derrière l'arbre et rapporta une brassée de rameaux et de feuilles mortes. Il les jeta en tas sur le monceau de vieilles cendres et il retourna en chercher davantage. La nuit était presque venue. Des ailes de tourterelle sifflèrent au-dessus de l'eau. George s'approcha du tas de bois et alluma les feuilles sèches. La flamme crépita parmi les brindilles et s'étendit. George défit son ballot et en sortit trois boîtes de haricots en conserve. Il les mit debout autour du feu, tout près de la braise, mais sans toutefois qu'elles touchassent la flamme.

« Y a des haricots pour quatre hommes là-dedans », dit George.

De l'autre côté du feu, Lennie l'observait. Il dit patiemment : « Moi j'les aime avec du coulis de tomates.

— Eh bien, on n'en a pas, dit George avec colère. T'as toujours envie de ce qu'on n'a pas. Bon Dieu, si j'étais seul, ce que la vie serait facile ! J'pourrais me trouver un emploi et travailler. J'aurais pas d'embêtements. Pas la moindre difficulté, et, à la fin du mois, j'pourrais prendre mes cinquante dollars, et m'en aller faire ce que je voudrais en ville. Même que j'pourrais passer toute la nuit au claque. J'pourrais manger où je voudrais, à l'hôtel ou ailleurs, et commander tout ce qui me viendrait à l'idée. Et je pourrais faire ça tous les mois. M'acheter un gallon de whiskey,

or set in a poolroom and play cards or shoot pool." Lennie knelt and looked over the fire at the angry George. And Lennie's face was drawn with terror. "An' whatta I got," George went on furiously. "I got you! You can't keep a job and you lose me ever' job I get. Jus' keep me shovin' all over the country all the time. An' that ain't the worst. You get in trouble. You do bad things and I got to get you out." His voice rose nearly to a shout. "You crazy son-of-a-bitch. You keep me in hot water all the time." He took on the elaborate manner of little girls when they are mimicking one another. "Jus' wanted to feel that girl's dress—jus' wanted to pet it like it was a mouse—— Well, how the hell did she know you jus' wanted to feel her dress? She jerks back and you hold on like it was a mouse. She yells and we got to hide in a irrigation ditch all day with guys lookin' for us, and we got to sneak out in the dark and get outta the country. All the time somethin' like that—all the time. I wisht I could put you in a cage with about a million mice an' let you have fun." His anger left him suddenly. He looked across the fire at Lennie's anguished face, and then he looked ashamedly at the flames.

ou ben aller dans un café jouer aux cartes ou faire un billard. » Lennie s'agenouilla et, par-dessus le feu, observa la colère de George. Et la terreur lui crispait le visage. « Et qu'est-ce que j'ai ? continua George furieusement. J'ai toi ! Tu n'peux pas garder un métier, et tu m'fais perdre toutes les places que je trouve. Tu passes ton temps à me faire balader d'un bout du pays à l'autre. Et c'est pas encore ça le pire. Tu t'attires des histoires. Tu fais des conneries, et puis il faut que je te tire d'affaire. » Sa voix s'élevait, était presque un cri. « Bougre de loufoque ! Avec toi, j'sors pas du pétrin. » Il se mit alors à parler comme font les petites filles quand elles s'imitent les unes les autres. « J'voulais rien que lui toucher sa robe à cette fille... j'voulais rien que la caresser comme si c'était une souris... Comment foutre voulais-tu qu'elle sache que tu voulais rien que lui toucher sa robe ? Elle fait un bond en arrière, et tu te cramponnes à elle comme si c'était une souris. Elle gueule, et puis il faut que nous restions cachés toute la journée dans un fossé d'irrigation avec un tas de types à nos trousses. Et puis après, il a fallu se faufiler dans le noir et quitter le pays. Et tout le temps quelque chose comme ça... tout le temps. Si seulement j'pouvais te foutre dans une cage avec un million de souris et te laisser t'amuser à ton aise. » Sa colère tomba brusquement. Par-dessus le feu, il regarda la figure angoissée de Lennie, puis, honteux, il baissa les yeux vers les flammes.

It was quite dark now, but the fire lighted the trunks of the trees and the curving branches overhead. Lennie crawled slowly and cautiously around the fire until he was close to George. He sat back on his heels. George turned the bean cans so that another side faced the fire. He pretended to be unaware of Lennie so close beside him.

"George," very softly. No answer. "George!"

"Whatta you want?"

"I was only foolin', George. I don't want no ketchup. I wouldn't eat no ketchup if it was right here beside me."

"If it was here, you could have some."

"But I wouldn't eat none, George. I'd leave it all for you. You could cover your beans with it and I wouldn't touch none of it."

George still stared morosely at the fire. "When I think of the swell time I could have without you, I go nuts. I never get no peace."

Lennie still knelt. He looked off into the darkness across the river. "George, you want I should go away and leave you alone?"

"Where the hell could you go?"

"Well, I could. I could go off in the hills there. Someplace I'd find a cave."

"Yeah? How'd you eat. You ain't got sense enough to find nothing to eat."

Il faisait assez noir maintenant, mais le feu éclairait les troncs des arbres et les branches qui formaient voûte au-dessus d'eux. Lennie rampa lentement et prudemment autour du feu jusqu'à ce qu'il fût tout près de George. Il s'accroupit sur ses talons. George tourna les boîtes de conserve afin de présenter l'autre côté au feu. Il affectait de ne pas s'apercevoir que Lennie était si près de lui.

« George », très doucement. Pas de réponse. « George !

— Qu'est-ce que tu veux ?

— C'était pour rire, George. J'en veux pas de coulis de tomates. J'mangerais pas d'coulis de tomates même si j'en avais ici, à côté de moi.

— Si y en avait ici, tu pourrais en avoir.

— Mais j'en mangerais pas, George. Je le laisserais tout pour toi. Tu pourrais en couvrir tous tes haricots. Moi, j'y toucherais point. »

Toujours maussade, George regardait le feu. « Quand je pense ce que je pourrais rigoler si j't'avais pas avec moi, ça me rend fou. J'ai pas une minute de paix. »

Lennie était toujours accroupi. Il regardait dans les ténèbres, par-delà la rivière. « George, tu veux que je m'en aille et que je te laisse seul ?

— Où donc que tu pourrais aller ?

— Oh ! j'pourrais. J'pourrais m'en aller dans les collines, là-bas. J'trouverais bien une caverne quelque part.

— Oui ? Et comment qu'tu mangerais ? T'es même pas assez malin pour te trouver à manger.

"I'd find things, George. I don't need no nice food with ketchup. I'd lay out in the sun and nobody'd hurt me. An' if I foun' a mouse, I could keep it. Nobody'd take it away from me."

George looked quickly and searchingly at him. "I been mean, ain't I?"

"If you don' want me I can go off in the hills an' find a cave. I can go away any time."

"No—look! I was jus' foolin', Lennie. 'Cause I want you to stay with me. Trouble with mice is you always kill 'em." He paused. "Tell you what I'll do, Lennie. First chance I get I'll give you a pup. Maybe you wouldn't kill *it*. That'd be better than mice. And you could pet it harder."

Lennie avoided the bait. He had sensed his advantage. "If you don't want me, you only jus' got to say so, and I'll go off in those hills right there—right up in those hills and live by myself. An' I won't get no mice stole from me."

George said, "I want you to stay with me, Lennie. Jesus Christ, somebody'd shoot you for a coyote if you was by yourself. No, you stay with me. Your Aunt Clara wouldn't like you running off by yourself, even if she is dead."

Lennie spoke craftily, "Tell me—like you done before."

"Tell you what?"

— J'trouverais des choses, George. J'ai pas besoin d'choses fines avec du coulis de tomates. Je m'coucherais au soleil et personne ne m'ferait de mal. Et si j'trouvais une souris, j'pourrais la garder. Personne ne viendrait me la prendre. »

George lui lança un regard rapide et curieux. « J'ai été méchant, c'est ça ?

— Si tu n'veux plus de moi, je peux m'en aller dans les collines me chercher une caverne. J'peux m'en aller n'importe quand.

— Non... écoute ! C'était de la blague, Lennie. Parce que j'veux que tu restes avec moi. L'embêtant, avec les souris, c'est que tu les tues toujours. » Il s'arrêta. « J'vais te dire ce que je ferai, Lennie. À la première occasion, j'te donnerai un p'tit chien. Ça, tu le tueras peut-être pas. Ça vaudra mieux que les souris. Et tu pourras le caresser plus fort. »

Lennie évita l'hameçon. Il avait senti qu'il avait l'avantage. « Si tu m'veux plus, t'as qu'à le dire, et j'm'en irai dans les collines, là-bas... tout là-haut dans ces collines, et j'vivrai seul. Et on m'volera plus mes souris. »

George dit : « J'veux que tu restes avec moi, Lennie. Nom de Dieu, on te prendrait pour un coyote et on te tuerait si t'étais seul. Non, faut rester avec moi. Ta tante Clara aimerait pas te savoir à courir tout seul comme ça, quand même qu'elle est morte. »

Lennie dit avec astuce : « Raconte-moi... comme t'as fait d'autres fois.

— Te raconter quoi ?

"About the rabbits."

George snapped, "You ain't gonna put nothing over on me."

Lennie pleaded, "Come on, George. Tell me. Please George. Like you done before."

"You get a kick outta that, don't you? Awright, I'll tell you, and then we'll eat our supper..."

George's voice became deeper. He repeated his words rhythmically as though he had said them many times before. "Guys like us, that work on ranches, are the loneliest guys in the world. They got no family. They don't belong no place. They come to a ranch an' work up a stake and then they go inta town and blow their stake, and the first thing you know they're poundin' their tail on some other ranch. They ain't got nothing to look ahead to."

Lennie was delighted. "That's it—that's it. Now tell how it is with us."

George went on. "With us it ain't like that. We got a future. We got somebody to talk to that gives a damn about us. We don't have to sit in no bar room blowin' in our jack jus' because we got no place else to go. If them other guys gets in jail they can rot for all anybody gives a damn. But not us."

Lennie broke in. *"But not us! An' why? Because... because I got you to look after me, and you got me to look after you, and that's why."* He laughed delightedly. "Go on now, George!"

— Les lapins. »

George trancha : « Faut pas essayer de me faire marcher. »

Lennie supplia : « Allons, George, raconte-moi. Je t'en prie, George. Comme t'as fait d'autres fois.

— Ça te plaît donc bien ? C'est bon, j'vais te raconter, et puis après, on dînera… »

La voix de George se fit plus grave. Il répétait ses mots sur un certain rythme, comme s'il avait déjà dit cela plusieurs fois. « Les types comme nous, qui travaillent dans les ranches, y a pas plus seul au monde. Ils ont pas de famille. Ils ont pas de chez-soi. Ils vont dans un ranch, ils y font un peu d'argent, et puis ils vont en ville et ils le dépensent tout… et pas plus tôt fini, les v'là à s'échiner dans un autre ranch. Ils ont pas de futur devant eux. »

Lennie était ravi. « C'est ça… c'est ça. Maintenant, raconte comment c'est pour nous. »

George continua : « Pour nous, c'est pas comme ça. Nous, on a un futur. On a quelqu'un à qui parler, qui s'intéresse à nous. On a pas besoin de s'asseoir dans un bar pour dépenser son pèze, parce qu'on n'a pas d'autre endroit où aller. Si les autres types vont en prison, ils peuvent bien y crever, tout le monde s'en fout. Mais pas nous. »

Lennie intervint. « *Mais pas nous ! Et pourquoi ? Parce que… parce que moi, j'ai toi pour t'occuper de moi, et toi, t'as moi pour m'occuper de toi, et c'est pour ça.* » Il éclata d'un rire heureux. « Continue maintenant, George !

"You got it by heart. You can do it yourself."

"No, you. I forget some a' the things. Tell about how it's gonna be."

"O.K. Someday—we're gonna get the jack together and we're gonna have a little house and a couple of acres an' a cow and some pigs and——"

"An' live off the fatta the lan'," Lennie shouted. "An' have *rabbits.* Go on, George! Tell about what we're gonna have in the garden and about the rabbits in the cages and about the rain in the winter and the stove, and how thick the cream is on the milk like you can hardly cut it. Tell about that, George."

"Why'n't you do it yourself? You know all of it."

"No… you tell it. It ain't the same if I tell it. Go on… George. How I get to tend the rabbits."

"Well," said George, "we'll have a big vegetable patch and a rabbit hutch and chickens. And when it rains in the winter, we'll just say the hell with goin' to work, and we'll build up a fire in the stove and set around it an' listen to the rain comin' down on the roof—Nuts!" He took out his pocket knife. "I ain't got time for no more." He drove his knife through the top of one of the bean cans, sawed out the top and passed the can to Lennie. Then he opened a second can. From his side pocket he brought out two spoons and passed one of them to Lennie.

They sat by the fire and filled their mouths with beans and chewed mightily. A few

— Tu l'sais par cœur. Tu peux le faire toi-même.

— Non, toi. Y a toujours des choses que j'oublie. Dis-moi comment que ça sera.

— Ben voilà. Un jour, on réunira tout not' pèze, et on aura une petite maison et un ou deux hectares et une vache et des cochons et…

— *On vivra comme des rentiers*, hurla Lennie. Et on aura des *lapins*. Continue, George ! Dis-moi ce qu'on aura dans le jardin, et les lapins dans les cages, et la pluie en hiver, et le poêle, et la crème sur le lait qui sera si épaisse qu'on pourra à peine la couper. Raconte-moi tout ça, George.

— Pourquoi que tu le fais pas toi-même, tu le sais tout.

— Non… raconte, toi. C'est pas la même chose si c'est moi qui le fais. Continue… George. Comment je soignerai les lapins ?

— Eh bien, dit George, on aura un grand potager, et un clapier à lapins, et des poulets. Et quand il pleuvra, l'hiver, on dira : l'travail, on s'en fout ; et on allumera du feu dans le poêle, et on s'assoira autour, et on écoutera la pluie tomber sur le toit… Merde ! » Il sortit son couteau de poche. « J'ai pas le temps de t'en dire plus. » Il enfonça son couteau dans le couvercle d'une des boîtes, l'ouvrit et passa la boîte à Lennie. Ensuite, il ouvrit la seconde. Il sortit deux cuillères de sa poche et en passa une à Lennie.

Assis près du feu, ils s'emplirent la bouche de haricots et mâchèrent fortement. Quelques

beans slipped out of the side of Lennie's mouth. George gestured with his spoon. "What you gonna say tomorrow when the boss asks you questions?"

Lennie stopped chewing and swallowed. His face was concentrated. "I… I ain't gonna… say a word."

"Good boy! That's fine, Lennie! Maybe you're gettin' better. When we get the coupla acres I can let you tend the rabbits all right. 'Specially if you remember as good as that."

Lennie choked with pride. "I can remember," he said.

George motioned with his spoon again. "Look, Lennie. I want you to look around here. You can remember this place, can't you? The ranch is about a quarter mile up that way. Just follow the river."

"Sure," said Lennie. "I can remember this. Di'n't I remember about not gonna say a word?"

" 'Course you did. Well, look. Lennie—if you jus' happen to get in trouble like you always done before, I want you to come right here an' hide in the brush."

"Hide in the brush," said Lennie slowly.

"Hide in the brush till I come for you. Can you remember that?"

"Sure I can, George. Hide in the brush till you come."

haricots tombèrent de la bouche de Lennie. George fit un geste avec sa cuillère. « Qu'est-ce que tu diras demain quand le patron te posera des questions ? »

Lennie cessa de mâcher et avala. Son visage était concentré. « Je... J'lui dirai... J'lui dirai pas un mot.

— Bravo ! Parfait, Lennie ! Des fois, tu fais peut-être des progrès. Quand on aura nos deux hectares, j'te laisserai soigner les lapins, pour sûr. Surtout si tu te rappelles aussi bien que ça. »

Lennie s'étranglait d'orgueil. « J'peux me rappeler », dit-il.

George, de nouveau, fit un geste avec sa cuillère. « Écoute, Lennie, j'veux que tu regardes bien comment que c'est fait ici. Tu pourras bien te rappeler cet endroit, n'est-ce pas ? Le ranch est à environ un quart de mille, dans cette direction. Y a qu'à suivre la rivière.

— Pour sûr, dit Lennie, j'peux me rappeler ça. Est-ce que je m'suis pas rappelé qu'il fallait pas que j'dise un mot ?

— Naturellement. Eh bien, écoute. Lennie... si tu t'attires encore quelque sale affaire, comme tu l'as déjà fait, tu viendras ici tout de suite et tu te cacheras dans les fourrés.

— Tu te cacheras dans les fourrés, dit Lennie lentement.

— Tu te cacheras dans les fourrés jusqu'à ce que je vienne te chercher. Tu pourras te rappeler ça ?

— Oui, bien sûr, George. J'me cacherai dans les fourrés jusqu'à ce que t'arrives.

"But you ain't gonna get in no trouble, because if you do, I won't let you tend the rabbits." He threw his empty bean can off into the brush.

"I won't get in no trouble, George. I ain't gonna say a word."

"O.K. Bring your bindle over here by the fire. It's gonna be nice sleepin' here. Lookin' up, and the leaves. Don't build up no more fire. We'll let her die down."

They made their beds on the sand, and as the blaze dropped from the fire the sphere of light grew smaller; the curling branches disappeared and only a faint glimmer showed where the tree trunks were. From the darkness Lennie called, "George—you asleep?"

"No. Whatta you want?"

"Let's have different color rabbits, George."

"Sure we will," George said sleepily. "Red and blue and green rabbits, Lennie. Millions of 'em."

"Furry ones, George, like I seen in the fair in Sacramento."

"Sure, furry ones."

" 'Cause I can jus' as well go away, George, an' live in a cave."

"You can jus' as well go to hell," said George. "Shut up now."

The red light dimmed on the coals. Up the hill from the river a coyote yammered, and a dog answered from the other side of the stream. The sycamore leaves whispered in a little night breeze.

— Seulement, faudra pas t'attirer d'histoire, parce que, dans ce cas, j'te laisserai pas soigner les lapins. » Il lança sa boîte vide dans les buissons.

« Non, j'm'attirerai pas d'histoire, George. J'dirai pas un mot.

— Très bien. Apporte ton ballot ici, près du feu. On sera bien ici pour dormir. Les yeux en l'air, et les feuilles. Ranime pas le feu. On va le laisser s'éteindre. »

Ils firent leur lit sur le sable, et, à mesure que les flammes baissaient, le cercle de lumière se rétrécissait. Les branches sinueuses disparurent, et il n'y eut plus qu'une lueur pâle pour révéler où se trouvaient les troncs des arbres. Lennie appela dans les ténèbres : « George… tu dors ?

— Non. Qu'est-ce que tu veux ?

— Faudra avoir des lapins de couleur différente, George.

— Oui, bien sûr, dit George somnolent. On en aura des rouges, des bleus et puis des verts, Lennie. On en aura des millions.

— Avec des longs poils aussi, George, comme j'ai vu à la foire de Sacramento.

— Oui, avec des longs poils.

— Parce que je pourrais aussi bien m'en aller, George, et aller vivre dans une caverne.

— Tu pourrais aussi bien aller te faire foutre, dit George. Ta gueule, maintenant. »

La lueur rouge pâlissait sur les braises. En haut, dans la colline au-dessus du cours d'eau, un coyote aboya, et un chien lui répondit de l'autre côté de la rivière. Les feuilles des sycomores murmurèrent au souffle léger de la nuit.

The bunkhouse was a long, rectangular building. Inside, the walls were whitewashed and the floor unpainted. In three walls there were small, square windows, and in the fourth, a solid door with a wooden latch. Against the walls were eight bunks, five of them made up with blankets and the other three showing their burlap ticking. Over each bunk there was nailed an apple box with the opening forward so that it made two shelves for the personal belongings of the occupant of the bunk. And these shelves were loaded with little articles, soap and talcum powder, razors and those Western magazines ranch men love to read and scoff at and secretly believe. And there were medicines on the shelves, and little vials, combs; and from nails on the box sides, a few neckties. Near one

Le baraquement où dormaient les hommes était long et rectangulaire. À l'intérieur, les murs étaient blanchis à la chaux, et le plancher était de bois brut. De trois côtés il y avait des petites fenêtres carrées. Le quatrième côté était percé d'une porte massive avec un loquet de bois. Contre les murs il y avait huit lits. Cinq d'entre eux étaient faits avec des couvertures, les trois autres montraient la toile à sac des matelas. Au-dessus de chaque lit, des caisses à pommes étaient clouées, l'ouverture en avant, formant ainsi deux étagères pour que l'occupant du lit y pût mettre ses objets personnels. Et ces étagères étaient encombrées de petits articles : savons, poudre de talc, rasoirs, et ces magazines du Wild West que les hommes des ranches adorent lire, dont ils se moquent, mais que, secrètement, ils prennent au sérieux. Et il y avait des médicaments sur les étagères, des petites fioles, des peignes. Quelques cravates pendaient à des clous fichés sur les parois des caisses. Près d'un

wall there was a black cast-iron stove, its stove-pipe going straight up through the ceiling. In the middle of the room stood a big square table littered with playing cards, and around it were grouped boxes for the players to sit on.

At about ten o'clock in the morning the sun threw a bright dust-laden bar through one of the side windows, and in and out of the beam flies shot like rushing stars.

The wooden latch raised. The door opened and a tall, stoop-shouldered old man came in. He was dressed in blue jeans and he carried a big push-broom in his left hand. Behind him came George, and behind George, Lennie.

"The boss was expectin' you last night," the old man said. "He was sore as hell when you wasn't here to go out this morning." He pointed with his right arm, and out of the sleeve came a round stick-like wrist, but no hand. "You can have them two beds there," he said, indicating two bunks near the stove.

George stepped over and threw his blankets down on the burlap sack of straw that was a mattress. He looked into his box shelf and then picked a small yellow can from it. "Say. What the hell's this?"

"I don't know," said the old man.

"Says 'Positively kills lice, roaches and other scourges.' What the hell kind of bed you giving us, anyways? We don't want no pants rabbits."

des murs, il y avait un poêle en fonte noir dont le tuyau entrait tout droit dans le plafond. Au milieu de la chambre, une grande table carrée était couverte de cartes à jouer, et, tout autour, il y avait des caisses pour que les joueurs pussent s'asseoir.

Il était environ dix heures du matin. À travers une des fenêtres latérales, le soleil dardait un rayon lumineux chargé de poussière. Des mouches le traversaient comme des étoiles filantes.

Le loquet de bois se souleva. La porte s'ouvrit, et un grand vieillard voûté entra. Il était vêtu de coutil bleu, et il tenait un grand balai dans la main gauche. George entra derrière lui, et derrière George, Lennie.

« Le patron vous attendait hier soir, dit le vieux. Il s'est foutu en rogne quand il a vu que vous étiez pas là ce matin. » Il tendit le bras droit et, de la manche, sortit un poignet rond comme un morceau de bois, mais sans main. « Vous pourrez occuper ces deux lits », dit-il en montrant les deux lits près du poêle.

George s'approcha et jeta ses couvertures sur le sac de paille qui servait de matelas. Il regarda dans sa caisse-étagère et y prit une petite boîte en fer jaune. « Hé, qu'est-ce que c'est que ça ?

— J'sais pas, dit le vieux.

— Ça dit "Destruction radicale des poux, cafards et autres vermines". Qu'est-ce que c'est que ces foutus lits que vous nous donnez là ? Nous avons pas envie d'attraper des morpions. »

The old swamper shifted his broom and held it between his elbow and his side while he held out his hand for the can. He studied the label carefully. "Tell you what—" he said finally, "last guy that had this bed was a blacksmith—hell of a nice fella and as clean a guy as you want to meet. Used to wash his hands even *after* he ate."

"Then how come he got graybacks?" George was working up a slow anger. Lennie put his bindle on the neighboring bunk and sat down. He watched George with open mouth.

"Tell you what," said the old swamper. "This here blacksmith—name of Whitey—was the kind of guy that would put that stuff around even if there wasn't no bugs—just to make sure, see? Tell you what he used to do—At meals he'd peel his boil' potatoes, an' he'd take out ever' little spot, no matter what kind, before he'd eat it. And if there was a red splotch on an egg, he'd scrape it off. Finally quit about the food. That's the kinda guy he was—clean. Used ta dress up Sundays even when he wasn't going no place, put on a necktie even, and then set in the bunkhouse."

"I ain't so sure," said George skeptically. "What did you say he quit for?"

The old man put the yellow can in his pocket, and he rubbed his bristly white whiskers with his knuckles.

Le vieil homme à tout faire changea son balai de côté et le maintint entre son coude et sa hanche tout en avançant la main pour saisir la boîte. Il examina soigneusement l'étiquette. « J'vas vous dire…, dit-il finalement, le dernier type qu'a eu ce lit était forgeron… Un bon bougre, et on ne trouverait pas plus propre. Il se lavait les mains même *après* avoir mangé.

— Alors, comment que ça se fait qu'il avait des poux ? » George sentait sa colère monter lentement. Lennie posa son ballot sur le lit voisin et s'assit. Il regardait George, la bouche ouverte.

« J'vas vous dire, dit le vieux, ce forgeron – il s'appelait Whitey – c'était un de ces types qu'auraient mis partout de ce truc-là même s'il n'y avait pas eu de petites bêtes… rien que pour plus de sûreté, vous comprenez ? J'vas vous dire ce qu'il avait l'habitude de faire… À table, il pelait ses pommes de terre bouillies, et il enlevait la plus petite tache avant de les manger. Et s'il y avait un point rouge sur un œuf, il fallait qu'il le gratte. Finalement, il est parti à cause de la nourriture. V'là le genre de type que c'était… propre. Le dimanche, il s'habillait toujours, même s'il n'allait nulle part, il mettait même une cravate, et puis il restait assis dans la chambre.

— J'suis pas si sûr, dit George sceptique. Pourquoi c'est-il qu'il est parti, vous avez dit ? »

Le vieux mit la boîte jaune dans sa poche et frotta du poing sa joue mal rasée, hérissée de poils blancs.

"Why... he... just quit, the way a guy will. Says it was the food. Just wanted to move. Didn't give no other reason but the food. Just says 'gimme my time' one night, the way any guy would."

George lifted his tick and looked underneath it. He leaned over and inspected the sacking closely. Immediately Lennie got up and did the same with his bed. Finally George seemed satisfied. He unrolled his bindle and put things on the shelf, his razor and bar of soap, his comb and bottle of pills, his liniment and leather wristband. Then he made his bed up neatly with blankets. The old man said, "I guess the boss'll be out here in a minute. He was sure burned when you wasn't here this morning. Come right in when wc was eatin' breakfast and says, 'Where the hell's them new men?' An' he give the stable buck hell, too."

George patted a wrinkle out of his bed, and sat down. "Give the stable buck hell?" he asked.

"Sure. Ya see the stable buck's a nigger."

"Nigger, huh?"

"Yeah. Nice fella too. Got a crooked back where a horse kicked him. The boss gives him hell when he's mad. But the stable buck don't give a damn about that. He reads a lot. Got books in his room."

« Ben… il est parti… simplement, comme ça, comme on fait. Il a dit que c'était la nourriture. Il avait envie de changer. Il a pas donné d'autre raison que la nourriture. Il a dit seulement, un soir : "Donnez-moi ce qui m'est dû", comme on fait toujours. »

George souleva son matelas et regarda dessous. Il se pencha au-dessus et inspecta la toile, soigneusement. Sans plus tarder, Lennie se leva et fit la même chose à son lit. Finalement, George sembla satisfait. Il déroula son ballot, posa ses affaires sur l'étagère, son rasoir, un morceau de savon, son peigne, un flacon de pilules, son liniment et son bracelet de cuir. Ensuite, il fit soigneusement son lit avec ses couvertures. Le vieux dit : « J'pense que l'patron va être ici dans une minute. Sûr qu'il était en rogne quand il n'vous a pas vus ce matin. Il s'est amené tout droit là où qu'on déjeunait, et il a dit : "Où qu'ils ont foutu le camp, les nouveaux ?" Et il a engueulé le palefrenier, en plus. »

George effaça un pli sur son lit, et s'assit. « Il a engueulé le palefrenier ? demanda-t-il.

— Oui, j'vas vous dire, le palefrenier, c'est un nègre.

— Un nègre, hein ?

— Oui. Et un brave type. Il a le dos de travers, là où il a reçu un coup de pied de cheval. Le patron l'engueule quand il est en rogne. Mais le palefrenier s'en fout. Il lit tout le temps. Il a des livres dans sa chambre.

"What kind of a guy is the boss?" George asked.

"Well, he's a pretty nice fella. Gets pretty mad sometimes, but he's pretty nice. Tell ya what—know what he done Christmas? Brang a gallon of whisky right in here and says, 'Drink hearty boys. Christmas comes but once a year.'"

"The hell he did! Whole gallon?"

"Yes sir. Jesus, we had fun. They let the nigger come in that night. Little skinner name of Smitty took after the nigger. Done pretty good, too. The guys wouldn't let him use his feet, so the nigger got him. If he coulda used his feet, Smitty says he woulda killed the nigger. The guys said on account of the nigger's got a crooked back, Smitty can't use his feet." He paused in relish of the memory. "After that the guys went into Soledad and raised hell. I didn't go in there. I ain't got the poop no more."

Lennie was just finishing making his bed. The wooden latch raised again and the door opened. A little stocky man stood in the open doorway. He wore blue jean trousers, a flannel shirt, a black, unbuttoned vest and a black coat. His thumbs were stuck in his belt, on each side of a square steel buckle. On his head was a soiled brown Stetson hat, and he wore high-heeled boots and spurs to prove he was not a laboring man.

— Quel genre de type c'est-il, le patron ? demanda George.

— Oh ! il est assez gentil. Il se fout en rogne, des fois, mais il est assez gentil. J'vas vous dire… vous savez pas ce qu'il a fait à Noël ? Ben, il a apporté un gallon de whiskey, ici même, et il a dit : "Buvez un bon coup, les gars, y a qu'un Noël par an."

— Sans blague ? Tout un gallon ?

— Comme j'vous le dis. Bon Dieu, ce qu'on a rigolé ! On a laissé venir le nègre, ce soir-là. Y a un petit roulier, il s'appelle Smitty, il s'est mis après le nègre. Même qu'il s'en est assez bien tiré. Les gars n'lui ont pas laissé employer ses pieds, alors, c'est le nègre qui l'a eu. S'il avait pu se servir de ses pieds, Smitty a dit qu'il aurait tué le nègre. Les gars ont dit qu'à cause que le nègre avait le dos tordu, Smitty pourrait pas se servir de ses pieds. » Il s'arrêta pour savourer le souvenir. « Après ça, tous les types sont allés faire la noce à Soledad. Moi, j'y suis pas allé. J'ai plus le goût à ça. »

Lennie achevait de faire son lit. Le loquet de bois se souleva de nouveau et la porte s'ouvrit. Un petit homme trapu se tenait sur le seuil. Il portait un pantalon de coutil bleu, une chemise de flanelle, un gilet noir déboutonné et un veston noir. Il tenait ses pouces dans sa ceinture, de chaque côté d'une boucle d'acier carrée. Il était coiffé d'un vieux feutre brun, et il portait des bottes à hauts talons avec des éperons, preuve qu'il n'était pas un journalier.

The old swamper looked quickly at him, and then shuffled to the door rubbing his whiskers with his knuckles as he went. “Them guys just come,” he said, and shuffled past the boss and out the door.

The boss stepped into the room with the short, quick steps of a fat-legged man. “I wrote Murray and Ready I wanted two men this morning. You got your work slips?” George reached into his pocket and produced the slips and handed them to the boss. “It wasn’t Murray and Ready’s fault. Says right here on the slip that you was to be here for work this morning.”

George looked down at his feet. “Bus driver give us a bum steer,” he said. “We hadda walk ten miles. Says we was here when we wasn’t. We couldn’t get no rides in the morning.”

The boss squinted his eyes. “Well, I had to send out the grain teams short two buckers. Won’t do any good to go out now till after dinner.” He pulled his time book out of his pocket and opened it where a pencil was stuck between the leaves. George scowled meaningfully at Lennie, and Lennie nodded to show that he understood. The boss licked his pencil. “What’s your name?”

“George Milton.”

“And what’s yours?”

George said, “His name’s Lennie Small.”

Le vieux lui jeta un regard rapide, et, traînant les pieds, se dirigea vers la porte en se frottant la barbe avec son poing. « Ils viennent juste d'arriver », dit-il. Il passa près du patron et sortit.

Le patron s'avança dans la chambre à petits pas pressés, comme un homme aux jambes trop grasses. « J'ai écrit à Murray and Ready qu'il me fallait deux hommes ce matin. Vous avez vos cartes de travail ? » George chercha dans sa poche, en sortit les bons et les donna au patron. « C'est pas la faute de Murray and Ready. J'vois là, écrit sur cette carte, que vous étiez supposés être ici ce matin, à temps pour travailler. »

George regarda à ses pieds. « Le conducteur de l'autobus nous a foutus dedans, dit-il. Il a fallu qu'on marche dix milles. Il a dit qu'on était rendus quand on l'était pas. On n'a pu trouver personne pour nous emmener, ce matin. »

Le patron cligna les yeux. « J'ai dû envoyer les chars à grains avec deux hommes de moins. Ça ne servirait à rien de partir maintenant. Vous attendrez après déjeuner. » Il sortit son carnet d'embauchage de sa poche et l'ouvrit là où un crayon séparait les feuilles. Intentionnellement, George jeta à Lennie un regard sévère, et Lennie, d'un signe de tête, montra qu'il avait compris. Le patron lécha son crayon. « Comment t'appelles-tu ?

— George Milton.

— Et toi ? »

George dit : « Il s'appelle Lennie Small. »

The names were entered in the book. "Le's see, this is the twentieth, noon the twentieth." He closed the book. "Where you boys been working?"

"Up around Weed," said George.

"You, too?" to Lennie.

"Yeah, him too," said George.

The boss pointed a playful finger at Lennie. "He ain't much of a talker, is he?"

"No, he ain't, but he's sure a hell of a good worker. Strong as a bull."

Lennie smiled to himself. "Strong as a bull," he repeated.

George scowled at him, and Lennie dropped his head in shame at having forgotten.

The boss said suddenly, "Listen, Small!" Lennie raised his head. "What can you do?"

In a panic, Lennie looked at George for help. "He can do anything you tell him," said George. "He's a good skinner. He can rassle grain bags, drive a cultivator. He can do anything. Just give him a try."

The boss turned on George. "Then why don't you let him answer? What you trying to put over?"

George broke in loudly, "Oh! I ain't saying he's bright. He ain't. But I say he's a God damn good worker. He can put up a four hundred pound bale."

Les noms furent couchés sur le carnet. « Voyons, nous sommes le vingt, midi, le vingt. » Il ferma le carnet. « Où avez-vous travaillé, tous les deux ?

— Dans le Nord, à Weed, dit George.

— Toi aussi ? (à Lennie).

— Oui, lui aussi, dit George. »

Plaisamment, le patron montra Lennie du doigt. « Il n'est pas très causant, hein ?

— Non, pas très, mais, pour ce qui est du travail, il en fout un coup. Fort comme un taureau. »

Lennie se sourit à lui-même. « Fort comme un taureau », répéta-t-il.

George lui jeta un regard sévère, et Lennie, confus d'avoir oublié, baissa la tête.

Le patron dit brusquement : « Dis-moi, Small – Lennie leva la tête –, qu'est-ce que tu sais faire ? »

Affolé, Lennie, d'un coup d'œil, appela George à son secours. « Il peut faire tout ce qu'on lui demande, dit George. Il sait conduire les mules, il peut porter des sacs de grains, manier un scarificateur. Il peut faire n'importe quoi. Vous n'avez qu'à essayer. »

Le patron se tourna vers George. « Alors, pourquoi ne le laisses-tu pas répondre ? Qu'est-ce que t'as donc derrière la tête ? »

George s'écria d'une voix forte : « Oh ! j'dis pas qu'il soit intelligent. Ça non. Mais je dis que, pour l'ouvrage, il en fout un coup. Il peut soulever des charges de quatre cents livres. »

The boss deliberately put the little book in his pocket. He hooked his thumbs in his belt and squinted one eye nearly closed. "Say—what you sellin'?"

"Huh?"

"I said what stake you got in this guy? You takin' his pay away from him?"

"No, 'course I ain't. Why ya think I'm sellin' him out?"

"Well, I never seen one guy take so much trouble for another guy. I just like to know what your interest is."

George said, "He's my… cousin. I told his old lady I'd take care of him. He got kicked in the head by a horse when he was a kid. He's awright. Just ain't bright. But he can do anything you tell him."

The boss turned half away. "Well, God knows he don't need any brains to buck barley bags. But don't you try to put nothing over, Milton. I got my eye on you. Why'd you quit in Weed?"

"Job was done," said George promptly.

"What kinda job?"

"We… we was diggin' a cesspool."

"All right. But don't try to put nothing over, 'cause you can't get away with nothing. I seen wise guys before. Go on out with the grain teams after dinner. They're pickin' up barley at the threshing machine. Go out with Slim's team."

"Slim?"

Le patron, d'un air décidé, remit le carnet dans sa poche. Il fourra ses pouces dans sa ceinture et ferma presque un œil. « Dis-moi un peu, qu'est-ce que tu vends ?

— Hein ?

— Je dis combien d'argent as-tu mis sur ce gars-là ? Est-ce que tu lui prendrais sa paie par hasard ?

— Bien sûr que non. Alors, vous vous figurez que je cherche à le vendre ?

— Dame, j'ai jamais vu un type s'intéresser autant à un autre. J'veux simplement savoir d'où vient ton intérêt. »

George dit : « C'est mon… cousin. J'ai promis à sa mère que je m'occuperais de lui. Il a reçu un coup de pied de cheval dans la tête quand il était gosse. Il est comme tout le monde. Seulement, il est pas intelligent. Mais il peut faire tout ce qu'on lui demande. »

Le patron se tourna à demi. « Dieu sait qu'on n'a pas besoin d'être malin pour porter des sacs d'orge. Mais essaie pas de me rouler, Milton. J't'ai à l'œil. Pourquoi c'est-il que vous êtes partis de Weed ?

— L'ouvrage était fini, dit George rapidement.

— Quel genre d'ouvrage ?

— On… on creusait un puisard.

— Ça va. Mais essaie pas de me rouler, parce que j'me laisse pas faire. J'ai vu des malins avant toi. Après déjeuner vous irez travailler au grain. On ramasse l'orge aux batteuses. Vous partirez avec l'équipe de Slim.

— Slim ?

"Yeah. Big tall skinner. You'll see him at dinner." He turned abruptly and went to the door, but before he went out he turned and looked for a long moment at the two men.

When the sound of his footsteps had died away, George turned on Lennie. "So you wasn't gonna say a word. You was gonna leave your big flapper shut and leave me do the talkin'. Damn near lost us the job."

Lennie stared hopelessly at his hands. "I forgot, George."

"Yeah, you forgot. You always forget, an' I got to talk you out of it." He sat down heavily on the bunk. "Now he's got his eye on us. Now we got to be careful and not make no slips. You keep your big flapper shut after this." He fell morosely silent.

"George."

"What you want now?"

"I wasn't kicked in the head with no horse, was I, George?"

"Be a damn good thing if you was," George said viciously. "Save ever'body a hell of a lot of trouble."

"You said I was your cousin, George."

"Well, that was a lie. An' I'm damn glad it was. If I was a relative of yours I'd shoot myself." He stopped suddenly, stepped to the open front door and peered out. "Say, what the hell you doin' listenin'?"

— Oui. Un grand roulier. Tu le verras au déjeuner. » Il fit demi-tour brusquement et se dirigea vers la porte, mais, avant de sortir, il se retourna et fixa longuement les deux hommes.

Quand le bruit de ses pas se fut éloigné, George se retourna vers Lennie. « J'croyais que tu ne dirais pas un mot. J'croyais que t'allais fermer ta trappe et me laisser le soin de parler. Pour un peu on perdait notre place. »

Lennie, navré, regardait ses mains. « J'ai oublié, George.

— Oui, t'as oublié. T'oublies toujours, et il faut que je te tire d'affaire. » Il se laissa tomber lourdement sur son lit. « Maintenant, il nous a à l'œil. Maintenant, il va falloir faire attention à n'pas faire de gaffe. Tu vas fermer ta trappe, après ça ? » Il s'absorba dans un silence mélancolique.

« George.

— Qu'est-ce que tu veux encore ?

— J'ai jamais reçu de coup de pied dans la tête, dis, George ?

— Ça vaudrait bougrement mieux si t'en avais reçu un, dit George méchamment. Ça épargnerait bien des emmerdements à tout le monde.

— T'as dit que j'étais ton cousin, George.

— Ben, c'était un mensonge. Et que j'suis sacrément content que c'en était un. Si je t'étais parent, j'me foutrais une balle dans la peau. » Il s'arrêta brusquement, s'avança vers la porte ouverte et regarda au-dehors. « Eh, toi, qu'est-ce que tu fous là à écouter ? »

The old man came slowly into the room. He had his broom in his hand. And at his heels there walked a dragfooted sheep dog, gray of muzzle, and with pale, blind old eyes. The dog struggled lamely to the side of the room and lay down, grunting softly to himself and licking his grizzled, moth-eaten coat. The swamper watched him until he was settled. "I wasn't listenin'. I was jus' standin' in the shade a minute scratchin' my dog. I jus' now finished swampin' out the wash house."

"You was pokin' your big ears into our business," George said. "I don't like nobody to get nosey."

The old man looked uneasily from George to Lennie, and then back. "I jus' come there," he said. "I didn't hear nothing you guys was sayin'. I ain't interested in nothing you was sayin'. A guy on a ranch don't never listen nor he don't ast no questions."

"Damn right he don't," said George, slightly mollified, "not if he wants to stay workin' long." But he was reassured by the swamper's defense. "Come on in and set down a minute," he said. "That's a hell of an old dog."

"Yeah. I had 'im ever since he was a pup. God, he was a good sheep dog when he was younger." He stood his broom against the wall and he rubbed his white bristled cheek with his knuckles. "How'd you like the boss?" he asked.

"Pretty good. Seemed awright."

Le vieux entra lentement dans la chambre. Il tenait son balai à la main. Un chien de berger se traînait derrière lui, le museau gris, avec des yeux pâles de chien aveugle. Péniblement, le chien s'en alla dans un coin de la chambre en boitant et se coucha avec un grognement sourd. Puis il se mit à lécher son pelage gris et mité. Le vieux attendit qu'il fût installé. « J'écoutais pas. J'm'étais seulement arrêté à l'ombre, une minute, pour gratter mon chien. J'viens juste de finir de balayer le lavabo.

— T'avais l'oreille à ce qui se disait ici, dit George. J'aime pas les gens qui foutent leur nez dans mes affaires. »

Le vieux, gêné, regarda George, puis Lennie, puis George de nouveau. « Je v'nais d'arriver, dit-il. J'ai rien entendu de ce que vous disiez. Ça ne m'intéressait pas, ce que vous disiez. Dans un ranch, on n'doit pas écouter, et on n'doit pas poser de questions.

— C'est la vérité, dit George un peu radouci, si on veut conserver sa place. » Mais il était rassuré par la défense du vieux. « Viens ici t'asseoir une minute, dit-il. Il est sacrément vieux, ce chien.

— Oui, j'l'ai depuis qu'il était tout petit. Bon Dieu, c'était un bon berger quand il était plus jeune. » Il posa son balai contre le mur et frotta sa barbe blanche avec son poing. « Qu'est-ce que tu dis du patron ?

— Pas mal. Il a l'air bien.

"He's a nice fella," the swamper agreed. "You got to take him right."

At that moment a young man came into the bunkhouse; a thin young man with a brown face, with brown eyes and a head of tightly curled hair. He wore a work glove on his left hand, and, like the boss, he wore high-heeled boots. "Seen my old man?" he asked.

The swamper said, "He was here jus' a minute ago, Curley. Went over to the cook house, I think."

"I'll try to catch him," said Curley. His eyes passed over the new men and he stopped. He glanced coldly at George and then at Lennie. His arms gradually bent at the elbows and his hands closed into fists. He stiffened and went into a slight crouch. His glance was at once calculating and pugnacious. Lennie squirmed under the look and shifted his feet nervously. Curley stepped gingerly close to him. "You the new guys the old man was waitin' for?"

"We just come in," said George.

"Let the big guy talk."

Lennie twisted with embarrassment.

George said, "S'pose he don't want to talk?"

Curley lashed his body around. "By Christ, he's gotta talk when he's spoke to. What the hell are you gettin' into it for?"

"We travel together," said George coldly.

"Oh, so it's that way."

— C'est un brave type, approuva le vieux. Faut savoir le prendre. »

À ce moment, un jeune homme entra dans le dortoir. Un jeune homme mince et brun, aux yeux noirs et aux cheveux crépus. Il avait la main gauche dans un gant de travail et, comme le patron, il était chaussé de bottes à hauts talons. « T'as vu mon père ? » demanda-t-il.

Le vieux dit : « Il était ici il y a une minute, Curley. Il est allé à la cuisine, je crois.

— J'vais essayer de le rattraper », dit Curley. Ses yeux se posèrent sur les nouveaux venus et il s'arrêta. Il regarda George froidement, puis Lennie. Peu à peu, ses bras se plièrent aux coudes et il ferma les poings. Il se raidit et se baissa légèrement. Ses regards étaient à la fois calculateurs et belliqueux. En se voyant fixé ainsi, Lennie, mal à l'aise, s'agita, bougea les pieds nerveusement. Curley, doucement, s'approcha tout près de lui. « C'est vous les nouveaux que mon père attendait ?

— Nous v'nons juste d'arriver, dit George.

— Laisse parler le grand. »

Lennie se tortillait, embarrassé.

George dit : « Et si des fois il n'avait pas envie de parler ? »

Curley se retourna d'un bond. « Nom de Dieu, faudra bien qu'il réponde si on lui parle. Qui est-ce qui te prie de te mêler de ça ?

— On voyage ensemble, dit George froidement.

— Oh ! c'est donc ça. »

George was tense, and motionless. "Yeah, it's that way."

Lennie was looking helplessly to George for instruction.

"An' you won't let the big guy talk, is that it?"

"He can talk if he wants to tell you anything." He nodded slightly to Lennie.

"We jus' come in," said Lennie softly.

Curley stared levelly at him. "Well, nex' time you answer when you're spoke to." He turned toward the door and walked out, and his elbows were still bent out a little.

George watched him out, and then he turned back to the swamper. "Say, what the hell's he got on his shoulder? Lennie didn't do nothing to him."

The old man looked cautiously at the door to make sure no one was listening. "That's the boss's son," he said quietly. "Curley's pretty handy. He done quite a bit in the ring. He's a lightweight, and he's handy."

"Well, let him be handy," said George. "He don't have to take after Lennie. Lennie didn't do nothing to him. What's he got against Lennie?"

The swamper considered... "Well... tell you what. Curley's like a lot of little guys. He hates big guys. He's alla time picking scraps with big guys. Kind of like he's mad at 'em because he ain't a big guy. You seen little guys like that, ain't you? Always scrappy?"

George était crispé, immobile. « Ouais, c'est ça. »

Éperdu, Lennie regardait George pour savoir que faire.

« Et tu ne veux pas laisser parler le grand, pas vrai ?

— Il peut parler s'il a envie de vous dire quelque chose. » Il fit un léger signe à Lennie.

« Nous v'nons juste d'arriver », dit Lennie doucement.

Curley le regarda fixement. « Eh bien, la prochaine fois, faudra répondre quand on te parlera. » Il se retourna vers la porte et sortit, et ses coudes étaient encore légèrement pliés.

George le regarda partir, puis il se tourna vers le vieux. « Dis donc, qu'est-ce qui lui fait mal à celui-là ? Lennie lui a rien fait. »

Le vieux regarda la porte prudemment afin d'être sûr que personne n'écoutait. « C'est le fils au patron, dit-il tranquillement. Curley est un gars habile. Il s'est un peu occupé de boxe. C'est un poids léger, et il est bien habile.

— Ben, j'veux bien qu'il soit habile, dit George. Il a pas besoin de s'en prendre à Lennie. Lennie lui a rien fait. Pourquoi qu'il en veut à Lennie ? »

Le vieux réfléchit… « Ben… J'vas te dire. Curley est comme un tas de petits gars. Il aime pas ceux qui sont grands. Il passe son temps à se chamailler avec les grands types. Comme qui dirait que ça le met en rogne d'être pas grand lui-même. T'as bien connu des petits gars comme ça, pas vrai ? Tout le temps à se bagarrer.

"Sure," said George. "I seen plenty tough little guys. But this Curley better not make no mistakes about Lennie. Lennie ain't handy, but this Curley punk is gonna get hurt if he messes around with Lennie."

"Well, Curley's pretty handy," the swamper said skeptically. "Never did seem right to me. S'pose Curley jumps a big guy an' licks him. Ever'body says what a game guy Curley is. And s'pose he does the same thing and gets licked. Then ever'body says the big guy oughtta pick on somebody his own size, and maybe they gang up on the big guy. Never did seem right to me. Seems like Curley ain't givin' nobody a chance."

George was watching the door. He said ominously, "Well, he better watch out for Lennie. Lennie ain't no fighter, but Lennie's strong and quick and Lennie don't know no rules." He walked to the square table and sat down on one of the boxes. He gathered some of the cards together and shuffled them.

The old man sat down on another box. "Don't tell Curley I said none of this. He'd slough me. He just don't give a damn. Won't ever get canned 'cause his old man's the boss."

George cut the cards and began turning them over, looking at each one and throwing it down on a pile. He said, "This guy Curley sounds like a son-of-a-bitch to me. I don't like mean little guys."

— Oh ! pour sûr, dit George. J'en ai connu des tas de petits hargneux. Mais ton Curley fera aussi bien de n'pas se tromper sur le compte de Lennie. Lennie est pas habile, lui, mais ce petit salaud se fera amocher s'il se mêle d'embêter Lennie.

— Ça empêche pas que Curley, c'est un gars habile, dit le vieux avec scepticisme. Ça m'a jamais semblé juste, à moi. Une supposition que Curley saute sur un grand type et lui foute une pile, alors tout le monde dira que Curley est un type qui sait y faire. Et suppose qu'il fasse la même chose et que ça soit lui qui reçoive la pile, alors tout le monde dira que le grand type aurait dû se battre avec quelqu'un de sa taille, et peut-être bien qu'ils sauteront tous sur le grand type. Ça m'a jamais semblé juste, à moi. Il semblerait qu'avec Curley on n'a jamais la chance de son côté. »

George surveillait la porte. Il dit, menaçant : « En tout cas, il fera bien de faire attention à Lennie. Lennie est pas boxeur, mais Lennie est fort et rapide, et Lennie ne connaît pas les règles. » Il se dirigea vers la table carrée et s'assit sur une des caisses. Il ramassa quelques cartes et les battit.

Le vieux s'assit sur une autre caisse. « Dis pas à Curley que j't'ai dit ça. Il me foutrait dehors. Lui, il s'en fout. On n'peut pas le foutre dehors, parce que c'est le fils au patron. »

George coupa les cartes et commença à les retourner, les regardant l'une après l'autre en les mettant en pile. Il dit : « Le Curley me fait tout l'effet d'un enfant de garce. J'aime pas les petits hargneux.

"Seems to me like he's worse lately," said the swamper. "He got married a couple of weeks ago. Wife lives over in the boss's house. Seems like Curley is cockier'n ever since he got married."

George grunted, "Maybe he's showin' off for his wife."

The swamper warmed to his gossip. "You seen that glove on his left hand?"

"Yeah. I seen it."

"Well, that glove's fulla Vaseline."

"Vaseline? What the hell for?"

"Well, I tell ya what—Curley says he's keepin' that hand soft for his wife."

George studied the cards absorbedly. "That's a dirty thing to tell around," he said.

The old man was reassured. He had drawn a derogatory statement from George. He felt safe now, and he spoke more confidently. "Wait'll you see Curley's wife."

George cut the cards again and put out a solitaire lay, slowly and deliberately. "Purty?" he asked casually.

"Yeah. Purty... but——"

George studied his cards. "But what?"

"Well—she got the eye."

"Yeah? Married two weeks and got the eye? Maybe that's why Curley's pants is full of ants."

— Il me semble qu'il est pire depuis quelque temps, dit le vieux. Il s'est marié, il y a une quinzaine. Sa femme habite là-bas, chez le patron. Il semble que Curley est plus arrogant depuis qu'il est marié. »

George grogna : « C'est pour faire de l'esbroufe devant sa femme. »

Le vieux s'intéressait à son potin. « T'as vu ce gant qu'il porte à la main gauche ?

— Ouais, j'l'ai vu.

— Ben, ce gant est plein de vaseline.

— De vaseline ? Pour quoi foutre ?

— Ben, j'vas te dire... Curley dit que c'est pour conserver cette main-là bien douce pour sa femme. »

George étudiait ses cartes avec attention. « C'est pas propre de raconter des choses comme ça », dit-il.

Le vieux fut rassuré. Il avait amené George à exprimer un blâme. Maintenant, il se sentait en terrain sûr, et il parla avec plus de confiance. « Attends que t'aies vu la femme à Curley. »

George coupa de nouveau les cartes et aligna une réussite, lentement, avec réflexion. « Jolie ? demanda-t-il incidemment.

— Ouais. Jolie... mais... »

George étudiait ses cartes. « Mais quoi ?

— Ben... elle a pas froid aux yeux.

— Ah oui ? Mariée depuis quinze jours et pas froid aux yeux, hé ? C'est peut-être bien ça qui rend le Curley si chatouilleux.

"I seen her give Slim the eye. Slim's a jerkline skinner. Hell of a nice fella. Slim don't need to wear no high-heeled boots on a grain team. I seen her give Slim the eye. Curley never seen it. An' I seen her give Carlson the eye."

George pretended a lack of interest. "Looks like we was gonna have fun."

The swamper stood up from his box. "Know what I think?" George did not answer. "Well, I think Curley's married… a tart."

"He ain't the first," said George. "There's plenty done that."

The old man moved toward the door, and his ancient dog lifted his head and peered about, and then got painfully to his feet to follow. "I gotta be settin' out the wash basins for the guys. The teams'll be in before long. You guys gonna buck barley?"

"Yeah."

"You won't tell Curley nothing I said?"

"Hell no."

"Well, you look her over, mister. You see if she ain't a tart." He stepped out the door into the brilliant sunshine.

George laid down his cards thoughtfully, turned his piles of three. He built four clubs on his ace pile. The sun square was on the floor now, and the flies whipped through it like sparks. A sound of jingling harness and the croak of heavy-laden axles sounded from outside. From the distance came a clear call. "Stable Buck—ooh, sta-able Buck!" And then, "Where the hell is that God damn nigger?"

— J'l'ai vue faire de l'œil à Slim. Slim, c'est un gars qui conduit les mules. Un type épatant. Slim a pas besoin de bottes à hauts talons pour travailler au grain. J'l'ai vue faire de l'œil à Slim. Curley a pas vu ça. Et j'l'ai vue faire de l'œil à Carlson. »

George affectait l'indifférence. « On va pouvoir rigoler à ce qu'il paraît. »

Le vieux se leva de sa caisse. « Tu sais pas ce que je pense ? » George ne répondit pas. « Ben, j'pense que Curley a épousé… une pute.

— Il est pas le premier, dit George. Il y en a plus d'un qui a fait ça. »

Le vieux se dirigea vers la porte, et son vieux chien leva la tête et regarda autour de lui. Puis il se dressa péniblement sur ses pattes pour le suivre. « Faut que j'aille sortir les cuvettes pour les gars. Les chariots vont être là dans pas longtemps. Vous allez charger de l'orge, vous autres ?

— Ouais.

— Tu diras pas à Curley ce que j't'ai raconté ?

— Foutre non.

— T'auras qu'à la regarder. Tu verras si c'est pas une pute. » Il sortit dans le soleil ardent.

George posait ses cartes soigneusement, faisait des paquets de trois. Il mit quatre trèfles sur sa pile d'as. Le carré de soleil était maintenant sur le plancher, et les mouches le traversaient comme des étincelles. Un tintement de harnais et le gémissement d'essieux lourdement chargés résonnèrent au-dehors. Un appel clair éclata au loin. « Palefrenier… Oooh ! Pa-le-fre-nier ! » Et ensuite : « Nom de Dieu, où est-il fourré, ce sacré nègre ? »

George stared at his solitaire lay, and then he flounced the cards together and turned around to Lennie. Lennie was lying down on the bunk watching him.

"Look, Lennie! This here ain't no setup. I'm scared. You gonna have trouble with that Curley guy. I seen that kind before. He was kinda feelin' you out. He figures he's got you scared and he's gonna take a sock at you the first chance he gets."

Lennie's eyes were frightened. "I don't want no trouble," he said plaintively. "Don't let him sock me, George."

George got up and went over to Lennie's bunk and sat down on it. "I hate that kinda bastard," he said. "I seen plenty of 'em. Like the old guy says, Curley don't take no chances. He always wins." He thought for a moment. "If he tangles with you, Lennie, we're gonna get the can. Don't make no mistake about that. He's the boss's son. Look, Lennie. You try to keep away from him, will you? Don't never speak to him. If he comes in here you move clear to the other side of the room. Will you do that, Lennie?"

"I don't want no trouble," Lennie mourned. "I never done nothing to him."

"Well, that won't do you no good if Curley wants to plug himself up for a fighter. Just don't have nothing to do with him. Will you remember?"

"Sure, George. I ain't gonna say a word."

The sound of the approaching grain teams was louder, thud of big hooves on hard ground, drag of brakes and the jingle of trace chains. Men were calling back and forth from the teams.

George contemplait sa réussite, puis il brouilla les cartes et se retourna vers Lennie. Étendu sur son lit, Lennie l'observait.

« Écoute, Lennie ! Y a pas de quoi rire avec tout ça. J'ai peur. Tu vas avoir des embêtements avec ce type, Curley. J'ai déjà vu ce genre-là. Comme qui dirait, il a fait ça pour te tâter. Il s'figure qu'il t'a foutu la trouille, et il te foutra son poing sur la gueule à la première occasion. »

Les yeux de Lennie s'étaient remplis d'effroi. « J'veux pas d'embêtements, dit-il plaintivement. George, tu le laisseras pas me battre, dis ? »

George se leva et alla s'asseoir sur le lit de Lennie. « C'est un genre de salauds que je déteste, dit-il. J'en ai vu des tas. Comme dit le vieux, Curley ne court jamais de risque. Il gagne toujours. » Il réfléchit un moment. « S'il t'embête, Lennie, on foutra le camp. Faut pas t'y tromper. C'est le fils au patron. Écoute, Lennie. Tu tâcheras de l'éviter, hein ? Ne lui parle jamais. S'il s'amène ici, va-t'en à l'autre bout de la chambre. Tu feras ça, Lennie ?

— J'veux pas avoir d'embêtements, gémit Lennie. J'lui ai jamais rien fait.

— Ça n't'avancera à rien si Curley veut se mettre à poser au boxeur. Ne t'approche jamais de lui. Tu te rappelleras ?

— Pour sûr, George. J'dirai pas un mot. »

Le bruit des chars à grains s'amplifiait, piétinement des lourds sabots sur le sol durci, grincement des freins et tintement des chaînes de traits. Les hommes s'interpellaient d'un attelage à l'autre.

George, sitting on the bunk beside Lennie, frowned as he thought. Lennie asked timidly, "You ain't mad, George?"

"I ain't mad at you. I'm mad at this here Curley bastard. I hoped we was gonna get a little stake together—maybe a hundred dollars." His tone grew decisive. "You keep away from Curley, Lennie."

"Sure I will, George. I won't say a word."

"Don't let him pull you in—but—if the son-of-a-bitch socks you—let 'im have it."

"Let 'im have what, George?"

"Never mind, never mind. I'll tell you when. I hate that kind of a guy. Look, Lennie, if you get in any kind of trouble, you remember what I told you to do?"

Lennie raised up on his elbow. His face contorted with thought. Then his eyes moved sadly to George's face. "If I get in any trouble, you ain't gonna let me tend the rabbits."

"That's not what I meant. You remember where we slep' last night? Down by the river?"

"Yeah. I remember. Oh, sure I remember! I go there an' hide in the brush."

"Hide till I come for you. Don't let nobody see you. Hide in the brush by the river. Say that over."

George, assis sur le lit près de Lennie, fronçait les sourcils en réfléchissant. Lennie lui demanda timidement : « T'es pas fâché, George ?

— J'suis pas fâché contre toi. J'suis fâché contre ce salaud de Curley. J'espérais qu'on allait pouvoir se faire un peu d'argent, tous les deux… une centaine de dollars, peut-être bien. » Il prit un ton décisif. « Lennie, t'approche pas de lui.

— Non, George, j'm'approcherai pas. J'dirai pas un mot.

— Le laisse pas te provoquer… mais, si l'enfant de garce te fout son poing sur la gueule… ben, rends-lui.

— Rends-lui quoi, George ?

— T'en fais pas, t'en fais pas. Je te le dirai quand il sera temps. Ce genre de types, j'peux pas les sentir. Écoute, Lennie, s'il t'arrive une histoire, tu te rappelles ce que je t'ai dit de faire ? »

Lennie se souleva sur le coude, le visage contracté par l'effort de la réflexion. Puis ses yeux se tournèrent tristement vers le visage de George. « S'il m'arrive une histoire, tu me laisseras pas soigner les lapins ?

— C'est pas ce que je voulais dire. Tu te rappelles où nous avons couché, la nuit dernière ? Là-bas, près de la rivière ?

— Ouais, je me rappelle. Oh ! pour sûr que je me rappelle ! J'irai là-bas me cacher dans les fourrés.

— Te cacher jusqu'à ce que je vienne te chercher. Que personne te voie. Cache-toi dans les fourrés, près de la rivière. Répète.

"Hide in the brush by the river, down in the brush by the river."

"If you get in trouble."

"If I get in trouble."

A brake screeched outside. A call came, "Sta-ble—Buck. Oh! Sta-able Buck."

George said, "Say it over to yourself, Lennie, so you won't forget it."

Both men glanced up, for the rectangle of sunshine in the doorway was cut off. A girl was standing there looking in. She had full, rouged lips and wide-spaced eyes, heavily made up. Her fingernails were red. Her hair hung in little rolled clusters, like sausages. She wore a cotton house dress and red mules, on the insteps of which were little bouquets of red ostrich feathers. "I'm lookin' for Curley," she said. Her voice had a nasal, brittle quality.

George looked away from her and then back. "He was in here a minute ago, but he went."

"Oh!" She put her hands behind her back and leaned against the door frame so that her body was thrown forward. "You're the new fellas that just come, ain't ya?"

"Yeah."

Lennie's eyes moved down over her body, and though she did not seem to be looking at Lennie she bridled a little. She looked at her fingernails. "Sometimes Curley's in here," she explained.

— Me cacher dans les fourrés près de la rivière, dans les fourrés près de la rivière.

— S'il t'arrive une histoire.

— S'il m'arrive une histoire. »

Un frein grinça au-dehors. Un appel retentit. « Palefrenier ! Oooh ! Pa-le-fre-nier ! »

George dit : « Répète-le tout bas, Lennie, pour ne pas l'oublier. »

Les deux hommes levèrent les yeux car le rectangle de soleil de la porte s'était masqué. Debout, une jeune femme regardait dans la chambre. Elle avait de grosses lèvres enduites de rouge, et des yeux très écartés fortement maquillés. Ses ongles étaient rouges. Ses cheveux pendaient en grappes bouclées, comme des petites saucisses. Elle portait une robe d'intérieur en coton, et des mules rouges, ornées de petits bouquets de plumes d'autruche rouges. « Je cherche Curley », dit-elle. Sa voix avait quelque chose de nasal et de cassant.

George détourna les yeux puis la regarda de nouveau. « Il était ici il y a une minute, mais il est parti.

— Oh ! – Elle mit sa main derrière son dos et s'adossa au montant de la porte afin de projeter son corps. – C'est vous les nouveaux qui venez d'arriver ?

— Ouais. »

Lennie la toisa du regard, et, bien qu'elle ne semblât pas regarder Lennie, elle se cambra légèrement. Elle regarda ses ongles. « Des fois, Curley est ici », expliqua-t-elle.

George said brusquely, "Well he ain't now."

"If he ain't, I guess I better look someplace else," she said playfully.

Lennie watched her, fascinated. George said, "If I see him, I'll pass the word you was looking for him."

She smiled archly and twitched her body. "Nobody can't blame a person for lookin'," she said. There were footsteps behind her, going by. She turned her head. "Hi, Slim," she said.

Slim's voice came through the door. "Hi, Goodlookin'."

"I'm tryin' to find Curley, Slim."

"Well, you ain't tryin' very hard. I seen him goin' in your house."

She was suddenly apprehensive. " 'Bye, boys," she called into the bunkhouse, and she hurried away.

George looked around at Lennie. "Jesus, what a tramp," he said. "So that's what Curley picks for a wife."

"She's purty," said Lennie defensively.

"Yeah, and she's sure hidin' it. Curley got his work ahead of him. Bet she'd clear out for twenty bucks."

Lennie still stared at the doorway where she had been. "Gosh, she was purty." He smiled admiringly. George looked quickly down at him and then he took him by an ear and shook him.

"Listen to me, you crazy bastard," he said fiercely. "Don't you even take a look at that bitch.

George dit brusquement : « Eh bien, il n'y est pas en ce moment.

— Dans ce cas, dit-elle d'un ton mutin, je ferais mieux d'aller chercher ailleurs. »

Lennie l'observait, fasciné. George dit : « Si j'le vois, j'lui dirai que vous le cherchez. »

Elle sourit avec malice et fit onduler ses hanches. « On n'peut pas blâmer les gens de chercher », dit-elle. Quelqu'un passa derrière elle. Elle tourna la tête. « Bonjour, Slim », dit-elle.

La voix de Slim pénétra par la porte. « Bonjour, belle enfant.

— J'essaie de trouver Curley, Slim.

— Vous essayez pas trop fort. J'viens de le voir qui rentrait chez vous. »

Elle s'effraya soudain. « Adieu, les gars », cria-t-elle dans la chambre, et elle s'éloigna en hâte.

George regarda Lennie. « Nom de Dieu, quelle traînée ! dit-il. Alors, c'est ça que Curley a dégotté comme femme !

— Elle est jolie, dit Lennie pour la défendre.

— Oui, et pour sûr qu'elle fait de son mieux pour le cacher. Curley a pas fini d'en voir. J'parie qu'elle filerait pour vingt dollars. »

Lennie regardait toujours la porte qu'elle venait de quitter. « Bon Dieu, ce qu'elle était jolie ! » Et il souriait d'admiration. George lui jeta un regard rapide, puis il le prit par l'oreille et le secoua.

« Écoute-moi, bougre de con, dit-il furieux, t'avise pas de regarder cette garce.

I don't care what she says and what she does. I seen 'em poison before, but I never seen no piece of jail bait worse than her. You leave her be."

Lennie tried to disengage his ear. "I never done nothing, George."

"No, you never. But when she was standin' in the doorway showin' her legs, you wasn't lookin' the other way, neither."

"I never meant no harm, George. Honest I never."

"Well, you keep away from her, 'cause she's a rattrap if I ever seen one. You let Curley take the rap. He let himself in for it. Glove fulla Vaseline," George said disgustedly. "An' I bet he's eatin' raw eggs and writin' to the patent medicine houses."

Lennie cried out suddenly—"I don' like this place, George. This ain't no good place. I wanna get outta here."

"We gotta keep it till we get a stake. We can't help it, Lennie. We'll get out jus' as soon as we can. I don't like it no better than you do." He went back to the table and set out a new solitaire hand. "No, I don't like it," he said. "For two bits I'd shove out of here. If we can get jus' a few dollars in the poke we'll shove off and go up the American River and pan gold. We can make maybe a couple of dollars a day there, and we might hit a pocket."

Lennie leaned eagerly toward him. "Le's go, George. Le's get outta here. It's mean here."

"We gotta stay," George said shortly. "Shut up now. The guys'll be comin' in."

J'me fous de ce qu'elle dit ou de ce qu'elle fait. C'est pas la première fois que je vois des poisons comme ça, mais j'ai jamais rien vu de meilleur pour faire coffrer un type. Laisse-la tranquille. »

Lennie essayait de se dégager l'oreille. « J'ai rien fait, George.

— Non, bien sûr, mais quand elle était là, sur la porte, à montrer ses jambes, tu regardais pas de l'autre côté.

— J'pensais à rien de mal, George. Vrai de vrai.

— En tout cas, t'approche pas d'elle, parce que, comme piège à rat, on n'fait pas mieux. Laisse Curley s'y faire coincer. C'est lui qui l'aura voulu. Un gant plein de vaseline ! dit George avec dégoût. Et j'parie qu'il bouffe des œufs crus et qu'il écrit à toutes les pharmacies. »

Lennie s'écria brusquement : « J'me plais pas ici, George. C'est pas un bon endroit. J'veux m'en aller.

— Il faut rester jusqu'à ce qu'on ait un peu de pèze. On n'y peut rien, Lennie. Nous partirons dès qu'on pourra. J'l'aime pas plus que toi, ce patelin. » Il se dirigea vers la table et commença une autre réussite. « Non, j'l'aime pas, dit-il. Pour un rien, j'foutrais le camp. Si seulement on peut s'faire quelques dollars, on s'en ira remonter l'American River et laver de l'or. On pourra gagner deux ou trois dollars par jour, là-bas, et puis on trouvera peut-être un filon. »

Lennie se pencha anxieusement vers lui. « Partons, George. Partons d'ici. C'est pas franc, ici.

— Faut que nous restions, dit George sèchement. Tais-toi, maintenant. Les types vont venir. »

From the washroom nearby came the sound of running water and rattling basins. George studied the cards. "Maybe we oughtta wash up," he said. "But we ain't done nothing to get dirty."

A tall man stood in the doorway. He held a crushed Stetson hat under his arm while he combed his long, black, damp hair straight back. Like the others he wore blue jeans and a short denim jacket. When he had finished combing his hair he moved into the room, and he moved with a majesty only achieved by royalty and master craftsmen. He was a jerkline skinner, the prince of the ranch, capable of driving ten, sixteen, even twenty mules with a single line to the leaders. He was capable of killing a fly on the wheeler's butt with a bull whip without touching the mule. There was a gravity in his manner and a quiet so profound that all talk stopped when he spoke. His authority was so great that his word was taken on any subject, be it politics or love. This was Slim, the jerkline skinner. His hatchet face was ageless. He might have been thirty-five or fifty. His ear heard more than was said to him, and his slow speech had overtones not of thought, but of understanding beyond thought. His hands, large and lean, were as delicate in their action as those of a temple dancer.

He smoothed out his crushed hat, creased it in the middle and put it on. He looked

Dans le lavabo voisin on entendait des bruits d'eau courante et de cuvettes remuées. George étudiait ses cartes. « On devrait peut-être aller se laver, dit-il. Mais nous n'avons rien fait pour nous salir. »

Un homme très grand se dressait sur le seuil. Il tenait un chapeau de feutre aplati sous le bras tout en peignant en arrière ses longs cheveux noirs tout humides. Comme les autres, il portait un pantalon bleu et une veste courte en toile. Quand il eut fini de se coiffer, il entra dans la chambre qu'il traversa avec une majesté que seuls connaissent les personnes royales et les maîtres artisans. Il était roulier et le roi du ranch, capable de mener dix, seize et même vingt mules avec une seule guide aux mules de tête. D'un coup de fouet, il pouvait tuer une mouche sur la croupe d'une mule sans toucher la bête. Il y avait dans ses manières une gravité et un calme si profonds que les conversations s'arrêtaient dès qu'il parlait. Son autorité était si grande qu'on le croyait sur parole quel que fût le sujet, politique ou amour. C'était Slim, le roulier. Son visage en lame de couteau n'avait pas d'âge. Il aurait pu avoir trente-cinq ans aussi bien que cinquante. Ses oreilles entendaient plus qu'on ne lui disait, et sa parole lente avait des nuances, non de pensée, mais de compréhension au-delà des pensées. Ses mains, grandes et minces, se mouvaient aussi délicatement que des mains de danseuse sacrée.

Il défroissa son chapeau écrasé, lui fit une fente au milieu et se le mit sur la tête. Il jeta

kindly at the two in the bunkhouse. "It's brighter'n a bitch outside," he said gently. "Can't hardly see nothing in here. You the new guys?"

"Just come," said George.

"Gonna buck barley?"

"That's what the boss says."

Slim sat down on a box across the table from George. He studied the solitaire hand that was upside down to him. "Hope you get on my team," he said. His voice was very gentle. "I gotta pair of punks on my team that don't know a barley bag from a blue ball. You guys ever bucked any barley?"

"Hell, yes," said George. "I ain't nothing to scream about, but that big bastard there can put up more grain alone than most pairs can."

Lennie, who had been following the conversation back and forth with his eyes, smiled complacently at the compliment. Slim looked approvingly at George for having given the compliment. He leaned over the table and snapped the corner of a loose card. "You guys travel around together?" His tone was friendly. It invited confidence without demanding it.

"Sure," said George. "We kinda look after each other." He indicated Lennie with his thumb. "He ain't bright. Hell of a good worker, though. Hell of a nice fella, but he ain't bright. I've knew him for a long time."

Slim looked through George and beyond him. "Ain't many guys travel around together,"

sur les deux hommes dans la chambre un regard bienveillant. « Y a un soleil de tous les diables, dehors, dit-il gentiment. J'peux à peine voir ici. C'est vous les nouveaux ?

— On vient d'arriver, dit George.

— Vous allez travailler à l'orge ?

— C'est ce qu'a dit le patron. »

Slim s'assit sur une caisse, de l'autre côté de la table, en face de George. Il examina la réussite étalée à l'envers devant lui. « J'espère que vous serez avec moi », dit-il. Sa voix était très douce. « J'ai deux couillons dans mon équipe qui n'sont même pas foutus de reconnaître un sac d'orge. Vous autres, vous en avez déjà manié, de l'orge ?

— Foutre oui, dit George. Moi, j'ai pas de quoi me vanter, mais ce grand bougre-là, il peut porter plus de grain que deux gars ordinaires. »

Lennie, qui avait suivi la conversation des yeux, sourit complaisamment à cet éloge. Slim, d'un regard, approuva George d'avoir lancé le compliment. Il se pencha sur la table et fit claquer le coin d'une carte inemployée. « Vous voyagez ensemble ? » Il parlait d'un ton amical qui invitait aux confidences sans pourtant les solliciter.

« Oui, dit George. Comme qui dirait, on prend soin l'un de l'autre. » Du pouce il montra Lennie. « Il est pas intelligent. Mais, pour le travail, il n'en craint pas. C'est un bon bougre, mais il est pas intelligent. Y a longtemps que je l'connais. »

Slim regarda à travers George et au-delà. « Y a pas beaucoup de gars qui voyagent ensemble,

he mused. "I don't know why. Maybe ever'body in the whole damn world is scared of each other."

"It's a lot nicer to go around with a guy you know," said George.

A powerful, big-stomached man came into the bunkhouse. His head still dripped water from the scrubbing and dousing. "Hi, Slim," he said, and then stopped and stared at George and Lennie.

"These guys jus' come," said Slim by way of introduction.

"Glad ta meet ya," the big man said. "My name's Carlson."

"I'm George Milton. This here's Lennie Small."

"Glad ta meet ya," Carlson said again. "He ain't very small." He chuckled softly at his joke. "Ain't small at all," he repeated. "Meant to ask you, Slim—how's your bitch? I seen she wasn't under your wagon this morning."

"She slang her pups last night," said Slim. "Nine of 'em. I drowned four of 'em right off. She couldn't feed that many."

"Got five left, huh?"

"Yeah, five. I kept the biggest."

"What kinda dogs you think they're gonna be?"

"I dunno," said Slim. "Some kinda shepherds, I guess. That's the most kind I seen around here when she was in heat."

dit-il d'un ton rêveur. J'sais pas pourquoi. Peut-être que les gens ont peur les uns des autres, dans ce sacré monde.

— C'est bien plus agréable de voyager avec quelqu'un qu'on connaît », dit George.

Un homme robuste et corpulent entra dans la chambre. L'eau qui lui dégouttait de la tête attestait qu'il l'avait lavée et frottée. « Hé ! Slim », dit-il, et, s'arrêtant, il dévisagea George et Lennie.

« Ils viennent juste d'arriver, dit Slim en guise de présentations.

— Enchanté, dit le gros homme. Je m'appelle Carlson.

— Moi, George Milton. Et lui, là, Lennie Small[1].

— Enchanté, répéta Carlson. Il n'est pas précisément petit. » Il éclata d'un rire léger à cette plaisanterie. « Il n'est pas petit du tout, répéta-t-il. J'voulais te demander, Slim... Où en est ta chienne ? J'ai remarqué qu'elle n'était pas sous la charrette, ce matin.

— Elle a fait ses petits, hier soir, dit Slim. Y en a neuf. J'en ai tout de suite noyé quatre. Elle n'aurait pas pu en nourrir tant que ça.

— Ça fait qu'il en reste cinq ?

— Ouais, cinq. J'ai gardé les plus gros.

— De quelle espèce crois-tu qu'ils seront ?

— J'sais pas, dit Slim. Des espèces de chiens de berger, j'suppose. J'ai guère vu que ça autour d'elle quand elle était en chaleur. »

1. *Small* signifie petit.

Carlson went on, “Got five pups, huh? Gonna keep all of ’em?”

“I dunno. Have to keep ’em a while so they can drink Lulu’s milk.”

Carlson said thoughtfully, “Well, looka here, Slim. I been thinkin’. That dog of Candy’s is so God damn old he can’t hardly walk. Stinks like hell, too. Ever’ time he comes into the bunkhouse I can smell him for two, three days. Why’n’t you get Candy to shoot his old dog and give him one of the pups to raise up? I can smell that dog a mile away. Got no teeth, damn near blind, can’t eat. Candy feeds him milk. He can’t chew nothing else.”

George had been staring intently at Slim. Suddenly a triangle began to ring outside, slowly at first, and then faster and faster until the beat of it disappeared into one ringing sound. It stopped as suddenly as it had started.

“There she goes,” said Carlson.

Outside, there was a burst of voices as a group of men went by.

Slim stood up slowly and with dignity. “You guys better come on while they’s still something to eat. Won’t be nothing left in a couple of minutes.”

Carlson stepped back to let Slim precede him, and then the two of them went out the door.

Lennie was watching George excitedly. George rumpled his cards into a messy pile. “Yeah!” George said, “I heard him, Lennie. I’ll ask him.”

Carlson continua : « Comme ça, t'as cinq chiots. Tu vas les garder tous ?

— J'sais pas. Faut que je les garde quelque temps pour qu'ils boivent le lait de Lulu. »

Carlson dit d'un ton réfléchi : « Parce que, écoute, Slim, j'ai pensé à une chose. Ce sacré chien de Candy est si vieux qu'il peut à peine marcher. En plus, il pue comme le diable. Chaque fois qu'il vient dans cette chambre, j'peux le sentir pendant deux ou trois jours. Pourquoi que tu dis pas à Candy de tuer son vieux chien et d'élever un des petits ? J'peux sentir ce chien à un mille de distance. Il a plus de dents, il est aux trois quarts aveugle, il peut plus manger. Candy le nourrit au lait. Il peut rien mâcher d'autre. »

George était resté les yeux intensément fixés sur Slim. Soudain, un triangle se mit à tinter, lentement d'abord, puis de plus en plus vite jusqu'à ce que les battements ne fussent plus qu'un son unique. Il s'arrêta aussi brusquement qu'il avait commencé.

« V'là que ça sonne », dit Carlson.

Au-dehors, comme un groupe d'hommes passait, on entendit des éclats de voix.

Slim se leva lentement et avec dignité. « Allons, les gars, vous feriez bien de venir tant qu'il y a quelque chose à manger. Il ne restera rien dans deux minutes. »

Carlson s'effaça pour laisser passer Slim, puis tous les deux franchirent la porte.

Lennie, très agité, regardait George. George brouilla ses cartes en une masse confuse. « Ouais, dit George, je l'ai entendu, Lennie. J'lui demanderai. »

"A brown and white one," Lennie cried excitedly.

"Come on. Le's get dinner. I don't know whether he got a brown and white one."

Lennie didn't move from his bunk. "You ask him right away, George, so he won't kill no more of 'em."

"Sure. Come on now, get up on your feet."

Lennie rolled off his bunk and stood up, and the two of them started for the door. Just as they reached it, Curley bounced in.

"You seen a girl around here?" he demanded angrily.

George said coldly, " 'Bout half an hour ago maybe."

"Well what the hell was she doin'?"

George stood still, watching the angry little man. He said insultingly, "She said—she was lookin' for you."

Curley seemed really to see George for the first time. His eyes flashed over George, took in his height, measured his reach, looked at his trim middle. "Well, which way'd she go?" he demanded at last.

"I dunno," said George. "I didn't watch her go."

Curley scowled at him, and turning, hurried out the door.

George said, "Ya know, Lennie, I'm scared I'm gonna tangle with that bastard myself. I hate his guts. Jesus Christ! Come on. They won't be a damn thing left to eat."

— Un brun et blanc, s'écria Lennie, excité.

— Viens. Allons manger. J'sais pas s'il en a un brun et blanc. »

Lennie ne bougeait pas de son lit. « Demande-lui tout de suite, George, pour qu'il n'en tue pas d'autres.

— Mais oui. Allons viens, mets-toi debout. »

Lennie roula hors de son lit et se mit debout, et tous deux se dirigèrent vers la porte. Au moment où ils l'atteignaient, Curley entra en coup de vent.

« Vous n'avez pas vu une femme par là ? » demanda-t-il avec colère.

George dit froidement : « Y a environ une demi-heure, peut-être bien.

— Qu'est-ce qu'elle foutait ici ? »

Immobile, George regardait le petit homme curieux. Il dit d'un ton insultant : « Elle a dit… qu'elle vous cherchait. »

Curley sembla vraiment apercevoir George pour la première fois. Il lui jeta un regard flamboyant, le mesura, apprécia ses possibilités, examina sa taille bien prise. « Et de quel côté est-elle allée ? demanda-t-il enfin.

— J'sais pas, dit George. J'l'ai pas regardée s'en aller. »

Curley le regarda hostilement et, faisant demi-tour, s'enfuit par la porte.

George dit : « Tu sais pas, Lennie, ben j'ai peur de faire du grabuge moi-même avec ce salaud-là. Il a une gueule qui n'me revient pas. Amène-toi, nom de Dieu. On n'aura plus rien à bouffer. »

They went out the door. The sunshine lay in a thin line under the window. From a distance there could be heard a rattle of dishes.

After a moment the ancient dog walked lamely in through the open door. He gazed about with mild, half-blind eyes. He sniffed, and then lay down and put his head between his paws. Curley popped into the doorway again and stood looking into the room. The dog raised his head, but when Curley jerked out, the grizzled head sank to the floor again.

Ils sortirent. Le soleil n'était plus qu'une raie mince sous la fenêtre. Au loin, on pouvait entendre un vacarme d'assiettes.

Un moment après, le vieux chien entra en boitant par la porte ouverte. Il regarda de droite et de gauche avec ses yeux doux qui voyaient à peine. Il renifla et posa sa tête sur ses pattes. Curley réapparut sur le seuil et regarda dans la chambre. Le chien leva la tête, mais quand Curley, brusquement, s'éclipsa, la tête grise retomba sur le plancher.

Although there was evening brightness showing through the windows of the bunkhouse, inside it was dusk. Through the open door came the thuds and occasional clangs of a horseshoe game, and now and then the sound of voices raised in approval or derision.

Slim and George came into the darkening bunkhouse together. Slim reached up over the card table and turned on the tin-shaded electric light. Instantly the table was brilliant with light, and the cone of the shade threw its brightness straight downward, leaving the corners of the bunkhouse still in dusk. Slim sat down on a box and George took his place opposite.

"It wasn't nothing," said Slim. "I would of had to drowned most of 'em anyways. No need to thank me about that."

Bien que la clarté du soir apparût aux fenêtres, l'intérieur du baraquement était sombre. Par la porte ouverte on entendait le bruit sourd et par instants, le tintement d'une partie de fers à cheval[1]. De temps à autre, des voix s'élevaient pour approuver ou critiquer.

Slim et George entrèrent ensemble dans le clair-obscur de la chambre. Slim leva le bras au-dessus de la table à jeu et alluma l'ampoule électrique atténuée par un abat-jour de fer-blanc. Aussitôt, la table s'illumina, et, le cône de l'abat-jour rabattant tout droit la lumière, les coins de la chambre restèrent sombres. Slim s'assit sur une caisse, et George prit place en face de lui.

« C'était bien peu de chose, dit Slim. Il aurait fallu que j'en noie la moitié, de toute façon. Y a pas de quoi me remercier. »

1. Jeu très populaire dans les campagnes américaines. Analogue à notre jeu de palets, il consiste à lancer des fers le plus près possible d'un but fiché en terre.

George said, "It wasn't much to you, maybe, but it was a hell of a lot to him. Jesus Christ, I don't know how we're gonna get him to sleep in here. He'll want to sleep right out in the barn with 'em. We'll have trouble keepin' him from getting right in the box with them pups."

"It wasn't nothing," Slim repeated. "Say, you sure was right about him. Maybe he ain't bright, but I never seen such a worker. He damn near killed his partner buckin' barley. There ain't nobody can keep up with him. God awmighty I never seen such a strong guy."

George spoke proudly. "Jus' tell Lennie what to do an' he'll do it if it don't take no figuring. He can't think of nothing to do himself, but he sure can take orders."

There was a clang of horseshoe on iron stake outside and a little cheer of voices.

Slim moved back slightly so the light was not on his face. "Funny how you an' him string along together." It was Slim's calm invitation to confidence.

"What's funny about it?" George demanded defensively.

"Oh, I dunno. Hardly none of the guys ever travel together. I hardly never seen two guys travel together. You know how the hands are, they just come in and get their bunk and work a month, and then they quit and go out alone.

George dit : « Pour toi, peut-être bien que c'était peu de chose, mais pour lui, ça représente bougrement. Nom de Dieu, j'sais pas comment qu'on va pouvoir le décider à venir coucher ici. Il va vouloir coucher avec eux, dans l'écurie. On aura de la peine à l'empêcher de se fourrer lui-même dans la caisse avec les petits chiens.

— C'était bien peu de chose, répéta Slim. Dis donc, t'avais raison à son sujet. Il est peut-être pas malin, mais j'ai jamais vu son pareil pour le travail. Pour un peu, il aurait tué le gars qui travaillait à l'orge avec lui. Y a personne pour rivaliser avec lui. Bon Dieu, j'ai jamais vu un gars aussi fort. »

George dit avec orgueil : « Y a qu'à dire à Lennie ce qu'il faut faire et il le fait, moyennant qu'il n'y ait pas à réfléchir. Il n'peut penser à rien lui-même, mais sûr qu'il sait obéir. »

On entendit un fer tinter contre la fiche de métal et quelques cris d'approbation.

Slim se recula un peu pour n'avoir pas la lumière sur la figure. « C'est drôle que vous vous soyez réunis comme ça, tous les deux. » C'est ainsi que Slim, calmement, invitait aux confidences.

« Qu'est-ce que ça a de drôle ? demanda George sur la défensive.

— Oh ! j'sais pas. J'ai pas souvent vu des types circuler ensemble comme ça. J'ai pas souvent vu deux types circuler ensemble comme ça. Tu sais comme font les journaliers, ils s'amènent, on leur donne un lit, ils travaillent un mois, et puis ils en ont assez et ils s'en vont tout seuls.

Never seem to give a damn about nobody. It jus' seems kinda funny a cuckoo like him and a smart little guy like you travelin' together."

"He ain't no cuckoo," said George. "He's dumb as hell, but he ain't crazy. An' I ain't so bright neither, or I wouldn't be buckin' barley for my fifty and found. If I was bright, if I was even a little bit smart, I'd have my own little place, an' I'd be bringin' in my own crops, 'stead of doin' all the work and not getting what comes up outta the ground." George fell silent. He wanted to talk. Slim neither encouraged nor discouraged him. He just sat back quiet and receptive.

"It ain't so funny, him an' me goin' aroun' together," George said at last. "Him and me was both born in Auburn. I knowed his Aunt Clara. She took him when he was a baby and raised him up. When his Aunt Clara died, Lennie just come along with me out workin'. Got kinda used to each other after a little while."

"Umm," said Slim.

George looked over at Slim and saw the calm, Godlike eyes fastened on him. "Funny," said George. "I used to have a hell of a lot of fun with 'im. Used to play jokes on 'im 'cause he was too dumb to take care of 'imself. But he was too dumb even to know he had a joke played on him. I had fun. Made me seem God damn smart alongside of him.

Ils ont jamais l'air de tenir à personne. Ça me semble juste un peu drôle, un dingo comme lui et un dégourdi comme toi qui se baladent comme ça ensemble.

— Il est pas dingo, dit George. Il est con comme la lune, mais il est pas fou. Et puis, j'suis pas si malin que ça moi-même, sans quoi j'chargerais pas de l'orge pour cinquante dollars, logé et nourri. Si j'étais malin, si j'étais même un peu débrouillard, j'aurais ma petite terre à moi, où que je ferais ma propre récolte au lieu de faire tout le travail sans profiter de ce qui pousse dans la terre. » George se tut. Il avait envie de parler. Slim ne l'encourageait ni ne le décourageait. Il était là, assis, calme et réceptif.

« C'est pas tellement drôle que, lui et moi, on circule ensemble, dit George finalement. Lui et moi, on est nés tous deux à Auburn. J'connaissais sa tante Clara. Elle l'a pris quand il était bébé et elle l'a élevé. Quand sa tante Clara est morte, Lennie est venu travailler avec moi. Puis au bout de quelque temps, on s'est comme qui dirait habitués l'un à l'autre.

— Hum », dit Slim.

George regarda Slim et vit ses yeux de divinité impassible fixés sur lui. « C'est drôle, dit George. Autrefois, j'rigolais tout plein avec lui. J'lui faisais des blagues, parce qu'il était trop andouille pour se débrouiller. Mais il était même trop andouille pour s'apercevoir qu'on lui avait fait une blague. J'ai bien rigolé. J'me faisais l'effet d'être sacrément malin quand j'étais avec lui.

Why he'd do any damn thing I tol' him. If I tol' him to walk over a cliff, over he'd go. That wasn't so damn much fun after a while. He never got mad about it, neither. I've beat the hell outta him, and he coulda bust every bone in my body jus' with his han's, but he never lifted a finger against me." George's voice was taking on the tone of confession. "Tell you what made me stop that. One day a bunch of guys was standin' around up on the Sacramento River. I was feelin' pretty smart. I turns to Lennie and says, 'Jump in.' An' he jumps. Couldn't swim a stroke. He damn near drowned before we could get him. An' he was so damn nice to me for pullin' him out. Clean forgot I told him to jump in. Well, I ain't done nothing like that no more."

"He's a nice fella," said Slim. "Guy don't need no sense to be a nice fella. Seems to me sometimes it jus' works the other way around. Take a real smart guy and he ain't hardly ever a nice fella."

George stacked the scattered cards and began to lay out his solitaire hand. The shoes thudded on the ground outside. At the windows the light of the evening still made the window squares bright.

"I ain't got no people," George said. "I seen the guys that go around on the ranches alone. That ain't no good. They don't have no fun. After a long time they get mean. They get wantin' to fight all the time."

Au point qu'il faisait n'importe quoi que je lui disais. Si j'lui avais dit de sauter du haut d'une falaise, il l'aurait fait tout de suite. Au bout de quelque temps, c'était plus si rigolo. Il s'fâchait jamais non plus. J'lui ai foutu de ces peignées, et rien qu'avec ses deux mains il aurait pu me briser tous les os du corps, mais il n'a jamais levé le petit doigt sur moi. » La voix de George se fit confidentielle. « J'vas te dire ce qui m'a fait cesser. Un jour, on était un tas de types sur le bord du Sacramento. J'me sentais en veine de blagues. Je m'tourne vers Lennie et j'lui dis : "Saute." Et il saute. Savait pas nager une brasse. Pour un peu il se noyait avant qu'on ait pu le repêcher. Et il a été tellement chic avec moi, parce que je l'avais repêché. Il avait complètement oublié que c'était moi qui l'avais fait sauter. Ben, après ça, j'ai plus jamais recommencé.

— C'est un brave type, dit Slim. Y a pas besoin d'avoir de la cervelle pour être un brave type. Des fois, il me semble que c'est même le contraire. Prends un type qu'est vraiment malin, c'est bien rare qu'il soit un bon gars. »

George rassembla les cartes éparses et commença une nouvelle réussite. Au-dehors, les fers heurtaient le sol avec un bruit sourd. Aux fenêtres, le crépuscule posait encore des carrés lumineux.

« J'ai pas de famille, dit George. J'ai vu les types qui vont travailler seuls dans les ranches. Ça vaut rien. Ils s'amusent pas. Ils finissent par devenir méchants. Ils ne pensent plus qu'à se battre tout le temps.

"Yeah, they get mean," Slim agreed. "They get so they don't want to talk to nobody."

" 'Course Lennie's a God damn nuisance most of the time," said George. "But you get used to goin' around with a guy an' you can't get rid of him."

"He ain't mean," said Slim. "I can see Lennie ain't a bit mean."

" 'Course he ain't mean. But he gets in trouble alla time because he's so God damn dumb. Like what happened in Weed——" He stopped, stopped in the middle of turning over a card. He looked alarmed and peered over at Slim. "You wouldn't tell nobody?"

"What'd he do in Weed?" Slim asked calmly.

"You wouldn' tell?... No, 'course you wouldn'."

"What'd he do in Weed?" Slim asked again.

"Well, he seen this girl in a red dress. Dumb bastard like he is, he wants to touch ever'thing he likes. Just wants to feel it. So he reaches out to feel this red dress an' the girl lets out a squawk, and that gets Lennie all mixed up, and he holds on 'cause that's the only thing he can think to do. Well, this girl squawks and squawks. I was jus' a little bit off, and I heard all the yellin', so I comes running, an' by that time Lennie's so scared all he can think to do is jus' hold on. I socked him over the head with a fence picket to make him let go. He was so scairt he couldn't let go of that dress. And he's so God damn strong, you know."

— Ouais, ils deviennent méchants, approuva Slim. Ils en viennent au point qu'ils ne veulent plus parler à personne.

— J'sais bien que, le plus souvent, Lennie est sacrément embêtant, dit George, mais on s'habitue à rouler avec un type et on peut plus s'en passer.

— Il n'est pas méchant, dit Slim. J'peux voir que Lennie est pas méchant pour un sou.

— Bien sûr, il n'est pas méchant. Mais il lui arrive toujours des sales affaires, parce qu'il est bougrement bête. Comme ce qui lui est arrivé à Weed... » Il s'arrêta, s'arrêta en retournant à demi une carte. Il parut effrayé et glissa un coup d'œil vers Slim. « Tu l'diras à personne ?

— Qu'est-ce qu'il a fait à Weed ? demanda Slim calmement.

— Tu l'diras pas ?... non, bien sûr.

— Qu'est-ce qu'il a fait à Weed ? redemanda Slim.

— Ben, il a vu une gonzesse en robe rouge. Le sacré couillon, il veut toucher tout ce qui lui plaît. Il n'veut rien que toucher. Alors, il avance la main pour tâter la robe rouge, et la môme se met à gueuler, et Lennie n'y comprend rien, et il s'cramponne parce qu'il n'lui vient pas à l'idée de faire autre chose. Alors, la môme gueule et gueule. J'étais pas bien loin et j'entendais tous ces cris, j'm'amène en vitesse, et Lennie avait tellement peur que tout ce qu'il pouvait faire c'était se cramponner. J'lui ai foutu un bon coup sur la tête avec un pieu de barrière pour le faire lâcher. Il avait si peur qu'il n'pouvait pas lâcher cette robe. Et puis, tu sais, il est tellement fort. »

Slim's eyes were level and unwinking. He nodded very slowly. "So what happens?"

George carefully built his line of solitaire cards. "Well, that girl rabbits in an' tells the law she been raped. The guys in Weed start a party out to lynch Lennie. So we sit in a irrigation ditch under water all the rest of that day. Got on'y our heads sticking out from the side of the ditch. An' that night we scrammed outta there."

Slim sat in silence for a moment. "Didn't hurt the girl none, huh?" he asked finally.

"Hell, no. He just scared her. I'd be scared too if he grabbed me. But he never hurt her. He jus' wanted to touch that red dress, like he wants to pet them pups all the time."

"He ain't mean," said Slim. "I can tell a mean guy a mile off."

" 'Course he ain't, and he'll do any damn thing I——"

Lennie came in through the door. He wore his blue denim coat over his shoulders like a cape, and he walked hunched way over.

"Hi, Lennie," said George. "How do you like the pup now?"

Lennie said breathlessly, "He's brown an' white jus' like I wanted." He went directly to his bunk and lay down and turned his face to the wall and drew up his knees.

Slim, sans sourciller, regardait devant lui. Il remua lentement la tête. « Et alors, qu'est-ce qui est arrivé ? »

George, soigneusement, aligna une nouvelle rangée de cartes. « Ben, la gonzesse s'en va en vitesse raconter à la police qu'elle avait été violée. Les types de Weed organisent une sortie pour lyncher Lennie. Alors, on a dû rester accroupis toute la journée sous l'eau dans un fossé d'irrigation. On n'avait que la tête hors de l'eau, qui dépassait du fossé. Et, cette nuit-là, on a foutu le camp. »

Slim resta un moment silencieux. « Il n'a pas fait de mal à cette femme, alors ? demanda-t-il enfin.

— Eh, foutre non. Il lui a fait peur, c'est tout. J'aurais peur moi-même s'il me mettait la main dessus. Mais il ne lui a pas fait de mal. Il voulait juste toucher sa robe rouge, tout comme il veut sans cesse caresser ces petits chiens.

— Il n'est pas méchant, dit Slim. Un gars qu'est méchant, j'le reconnais à un mille de distance.

— Pour sûr qu'il n'est pas méchant, et il ferait tout ce que je... »

Lennie franchit la porte. Il portait sa veste de coutil bleu posée sur l'épaule comme une cape, et il marchait penché en avant.

« Alors, Lennie, dit George. Tu l'aimes ton petit chien ? »

Lennie dit, oppressé : « Il est brun et blanc, juste comme je le voulais. » Sans plus attendre il se dirigea vers son lit, et se coucha face au mur, les genoux relevés.

George put down his cards very deliberately. "Lennie," he said sharply.

Lennie twisted his neck and looked over his shoulder. "Huh? What you want, George?"

"I tol' you you couldn't bring that pup in here."

"What pup, George? I ain't got no pup."

George went quickly to him, grabbed him by the shoulder and rolled him over. He reached down and picked the tiny puppy from where Lennie had been concealing it against his stomach.

Lennie sat up quickly. "Give 'um to me, George."

George said, "You get right up an' take this pup back to the nest. He's gotta sleep with his mother. You want to kill him? Just born last night an' you take him out of the nest. You take him back or I'll tell Slim not to let you have him."

Lennie held out his hands pleadingly. "Give 'um to me, George. I'll take 'um back. I didn't mean no harm, George. Honest I didn't. I jus' wanted to pet 'um a little."

George handed the pup to him. "Awright. You get him back there quick, and don' you take him out no more. You'll kill him, the first thing you know." Lennie fairly scuttled out of the room.

Slim had not moved. His calm eyes followed Lennie out the door. "Jesus," he said. "He's jes' like a kid, ain't he."

"Sure he's jes' like a kid. There ain't no more harm in him than a kid neither, except

George, d'un geste très décidé, posa ses cartes. « Lennie », dit-il froidement.

Lennie tordit le cou et le regarda par-dessus son épaule. « Hein, qu'est-ce que tu me veux ?

— Je t'ai dit qu'il ne fallait pas que tu apportes ton chien ici.

— Quel chien, George ? J'ai pas de chien. »

George alla rapidement vers lui, le saisit par l'épaule et le fit rouler sur le dos. Il plongea la main et sortit le petit chien de l'endroit où Lennie l'avait caché, contre son ventre.

Lennie, d'un bond, se mit sur son séant. « Donne-le-moi, George. »

George dit : « Tu vas te lever tout de suite et aller reporter ce chien dans sa caisse. Il faut qu'il dorme avec sa mère. T'as envie de le tuer ? Il est né hier soir, et tu veux déjà l'enlever de sa caisse. Rapporte-le, ou bien je dirai à Slim de ne pas te le donner. »

Lennie tendit les mains d'un geste suppliant. « Donne-le-moi, George, je le rapporterai. J'voulais rien faire de mal, George, vrai de vrai. J'voulais rien que le caresser un peu. »

George lui rendit le petit chien. « Ça va. Rapporte-le vite et ne le sors plus de sa caisse. Il n'en faudrait pas davantage pour le tuer, tu sais. » Lennie déguerpit de la chambre.

Slim n'avait pas bougé. De ses yeux calmes il regarda sortir Lennie. « Bon Dieu, dit-il, on dirait un gosse, pas vrai ?

— Oui, il est tout comme un gosse. Et il n'a pas plus de méchanceté qu'un gosse, non plus, sauf

he's so strong. I bet he won't come in here to sleep tonight. He'd sleep right alongside that box in the barn. Well—let 'im. He ain't doin' no harm out there."

It was almost dark outside now. Old Candy, the swamper, came in and went to his bunk, and behind him struggled his old dog. "Hello, Slim. Hello, George. Didn't neither of you play horseshoes?"

"I don't like to play ever' night," said Slim.

Candy went on, "Either you guys got a slug of whisky? I gotta gut ache."

"I ain't," said Slim. "I'd drink it myself if I had, an' I ain't got a gut ache neither."

"Gotta bad gut ache," said Candy. "Them God damn turnips give it to me. I knowed they was going to before I ever eat 'em."

The thick-bodied Carlson came in out of the darkening yard. He walked to the other end of the bunkhouse and turned on the second shaded light. "Darker'n hell in here," he said. "Jesus, how that nigger can pitch shoes."

"He's plenty good," said Slim.

"Damn right he is," said Carlson. "He don't give nobody else a chance to win——" He stopped and sniffed the air, and still sniffing, looked down at the old dog. "God awmighty, that dog stinks. Get him outta here, Candy! I don't know nothing that stinks as bad as an old dog. You gotta get him out."

qu'il est si fort. J'parierais qu'il ne viendra pas dormir ici, cette nuit. Il va coucher là-bas, dans l'écurie, tout contre la caisse. Enfin… laissons-le faire. Il n'pourra point faire de mal, là-bas. »

La nuit était presque complètement tombée. Le vieux Candy, l'homme à tout faire, entra et se dirigea vers son lit. Son vieux chien le suivait péniblement. « Bonsoir, Slim ; bonsoir, George. Vous n'jouez pas aux fers, vous deux ?

— J'aime pas jouer tous les soirs », dit Slim.

Candy continua. « Y a pas un de vous des fois qu'aurait une goutte de whiskey ? J'ai mal au ventre.

— J'en ai pas, dit Slim. J'le boirais moi-même si j'en avais, quand même que j'ai pas mal au ventre.

— J'ai bien mal au ventre, dit Candy. C'est ces sacrés navets qu'en sont la cause. J'savais que ça arriverait avant même de les avoir mangés. »

Le gros Carlson arriva de la cour sombre. Il s'en alla à l'autre bout de la chambre et alluma l'autre ampoule à abat-jour. « Il fait plus noir que chez le diable ici, dit-il. Nom de Dieu, ce nègre vous a une façon de lancer les fers !

— Pour sûr qu'il est bon, dit Slim.

— Et comment ! dit Carlson. Avec lui, pas moyen de gagner… » Il s'arrêta et renifla, et, tout en reniflant, il baissait les yeux vers le chien. « Nom de Dieu, ce que ce chien pue ! Fais-le sortir, Candy ! J'connais rien qui pue autant qu'un vieux chien. Allons, fais-le sortir. »

Candy rolled to the edge of his bunk. He reached over and patted the ancient dog, and he apologized, "I been around him so much I never notice how he stinks."

"Well, I can't stand him in here," said Carlson. "That stink hangs around even after he's gone." He walked over with his heavy-legged stride and looked down at the dog. "Got no teeth," he said. "He's all stiff with rheumatism. He ain't no good to you, Candy. An' he ain't no good to himself. Why'n't you shoot him, Candy?"

The old man squirmed uncomfortably. "Well—hell! I had him so long. Had him since he was a pup. I herded sheep with him." He said proudly, "You wouldn't think it to look at him now, but he was the best damn sheep dog I ever seen."

George said, "I seen a guy in Weed that had an Airedale could herd sheep. Learned it from the other dogs.

Carlson was not to be put off. "Look, Candy. This ol' dog jus' suffers hisself all the time. If you was to take him out and shoot him right in the back of the head—" he leaned over and pointed, "—right there, why he'd never know what hit him."

Candy looked about unhappily. "No," he said softly. "No, I couldn' do that. I had 'im too long."

Candy roula jusqu'au bord de son lit. Il avança la main et caressa le vieux chien, et il s'excusa. « Il y a si longtemps qu'on est ensemble que j'm'aperçois même pas qu'il pue.

— Enfin, moi, j'peux pas le supporter ici, dit Carlson. Ça pue même après qu'il est parti. » De son pas lourd, il s'approcha du chien et le regarda. « Il n'a plus de dents, dit-il. Il est tout plein de rhumatismes. Il n'peut plus te servir à rien, Candy. Il n'peut même plus rien faire pour lui-même. Pourquoi que tu le tues pas, Candy ? »

Le vieil homme se balança avec embarras. « Ben… bon Dieu ! Y a si longtemps que je l'ai. Je l'ai depuis qu'il était tout petit. J'ai gardé les moutons avec lui. » Il dit fièrement : « Vous le croiriez pas à le voir, mais c'était le meilleur berger que j'aie jamais vu. »

George dit : « J'ai connu un type, à Weed, qu'avait un airedale qui pouvait garder les moutons. C'étaient les autres chiens qui lui avaient appris. »

Carlson n'était pas homme à se laisser distraire. « Écoute, Candy, ce vieux chien souffre tout l'temps. Si tu l'emmenais et q'tu lui foutrais une balle, en plein dans la nuque… – il se pencha et montra l'endroit – juste ici, il ne s'en apercevrait même pas. »

Candy jeta autour de lui un regard malheureux. « Non, dit-il doucement, non, j'pourrais pas faire ça. Y a trop longtemps que je l'ai.

"He don't have no fun," Carlson insisted. "And he stinks to beat hell. Tell you what. I'll shoot him for you. Then it won't be you that does it."

Candy threw his legs off his bunk. He scratched the white stubble whiskers on his cheek nervously. "I'm so used to him," he said softly. "I had him from a pup."

"Well, you ain't bein' kind to him keepin' him alive," said Carlson. "Look, Slim's bitch got a litter right now. I bet Slim would give you one of them pups to raise up, wouldn't you, Slim?"

The skinner had been studying the old dog with his calm eyes. "Yeah," he said. "You can have a pup if you want to." He seemed to shake himself free for speech. "Carl's right, Candy. That dog ain't no good to himself. I wisht somebody'd shoot me if I got old an' a cripple."

Candy looked helplessly at him, for Slim's opinions were law. "Maybe it'd hurt him," he suggested. "I don't mind takin' care of him."

Carlson said, "The way I'd shoot him, he wouldn't feel nothing. I'd put the gun right there." He pointed with his toe. "Right back of the head. He wouldn't even quiver."

Candy looked for help from face to face. It was quite dark outside by now. A young laboring man came in.

— Sa vie n'est pas drôle, insista Carlson. Et il pue comme tous les diables. J'vais te dire. C'est moi qui le tuerai à ta place. Comme ça, t'auras pas à le faire. »

Candy sortit ses jambes de dessus le lit. Nerveusement, il frottait les poils blancs de ses joues. « J'suis si habitué à lui, dit-il doucement. J'l'ai depuis qu'il était tout petit.

— C'est pas être bon pour lui que de le garder en vie, dit Carlson. Écoute, la chienne de Slim vient justement d'avoir des petits. J'suis sûr que Slim t'en donnerait un à élever, pas vrai, Slim ? »

Le roulier avait observé le vieux chien de ses yeux calmes. « Ouais, dit-il, tu peux avoir un des chiots, si tu veux. » Il sembla, d'une secousse, reprendre le libre usage de sa parole. « Carl a raison, Candy. Ce chien n'peut même plus rien faire pour lui-même. Si je deviens vieux et infirme, j'voudrais que quelqu'un me foute un coup de fusil. »

Candy le regarda d'un œil désespéré, parce que les paroles de Slim avaient force de loi. « Ça lui fera peut-être mal, suggéra-t-il. Ça n'm'ennuie pas de prendre soin de lui. »

Carlson dit : « De la façon que je le tuerai, il ne sentira rien. Je mettrai le fusil juste ici – il montra du bout de son pied –, droit dans la nuque. Il aura même pas un frisson. »

Candy cherchait du secours sur chaque visage, l'un après l'autre. À présent, il commençait à faire nuit dehors. Un jeune ouvrier agricole entra.

His sloping shoulders were bent forward and he walked heavily on his heels, as though he carried the invisible grain bag. He went to his bunk and put his hat on his shelf. Then he picked a pulp magazine from his shelf and brought it to the light over the table. "Did I show you this, Slim?" he asked.

"Show me what?"

The young man turned to the back of the magazine, put it down on the table and pointed with his finger. "Right there, read that." Slim bent over it. "Go on," said the young man. "Read it out loud."

"'Dear Editor:'" Slim read slowly. "'I read your mag for six years and I think it is the best on the market. I like stories by Peter Rand. I think he is a whingding. Give us more like the *Dark Rider*. I don't write many letters. Just thought I would tell you I think your mag is the best dime's worth I ever spent.'"

Slim looked up questioningly. "What you want me to read that for?"

Whit said, "Go on. Read the name at the bottom."

Slim read, "'Yours for success, William Tenner.'" He glanced up at Whit again. "What you want me to read that for?"

Whit closed the magazine impressively. "Don't you remember Bill Tenner? Worked here about three months ago?"

Slim thought… "Little guy?" he asked. "Drove a cultivator?"

Il courbait ses épaules tombantes, et il marchait lourdement sur les talons, comme s'il portait l'invisible sac de grains. Il se dirigea vers son lit et posa son chapeau sur l'étagère. Ensuite, il prit sur l'étagère un magazine qu'il apporta sous la lumière, au-dessus de la table. « Est-ce que je t'ai montré ça, Slim ? demanda-t-il.

— Montré quoi ? »

Le jeune homme chercha à la fin du magazine, le posa sur la table et montra du doigt. « Ici, lis ça. » Slim se pencha. « Allons, dit le jeune homme, lis à haute voix.

— "Cher Éditeur." Slim lisait lentement. "Je lis votre magazine depuis six ans, et je trouve que c'est le meilleur sur le marché. J'aime les histoires de Peter Rand. Je trouve qu'il est épatant. Donnez-nous-en d'autres comme le *Cavalier noir*. J'écris pas souvent des lettres. Il m'est seulement venu à l'idée de vous dire que votre magazine, c'est ce qu'on peut acheter de mieux pour dix *cents*." »

Slim leva les yeux d'un air interrogateur. « Pourquoi que tu veux que je lise ça ? »

Whit dit : « Continue. Lis le nom en bas. »

Slim lut : « "En vous souhaitant bonne chance, Vôtre, William Tenner." » De nouveau il regarda Whit. « Pourquoi que tu veux que je lise ça ? »

Whit ferma le magazine avec dignité. « Tu te rappelles pas Bill Tenner ? Il travaillait ici, y a environ trois mois. »

Slim réfléchit… « Un petit gars ? demanda-t-il. Il menait un scarificateur ?

"That's him," Whit cried. "That's the guy!"

"You think he's the guy wrote this letter?"

"I know it. Bill and me was in here one day. Bill had one of them books that just come. He was lookin' in it and he says, 'I wrote a letter. Wonder if they put it in the book!' But it wasn't there. Bill says, 'Maybe they're savin' it for later.' An' that's just what they done. There it is."

"Guess you're right," said Slim. "Got it right in the book."

George held out his hand for the magazine. "Let's look at it?"

Whit found the place again, but he did not surrender his hold on it. He pointed out the letter with his forefinger. And then he went to his box shelf and laid the magazine carefully in. "I wonder if Bill seen it," he said. "Bill and me worked in that patch of field peas. Run cultivators, both of us. Bill was a hell of a nice fella."

During the conversation Carlson had refused to be drawn in. He continued to look down at the old dog. Candy watched him uneasily. At last Carlson said, "If you want me to, I'll put the old devil out of his misery right now and get it over with. Ain't nothing left for him. Can't eat, can't see, can't even walk without hurtin'."

Candy said hopefully, "You ain't got no gun."

"The hell I ain't. Got a Luger. It won't hurt him none at all."

— C'est ça, s'écria Whit. C'est bien lui !

— Tu crois que c'est lui qui a écrit la lettre ?

— J'le sais. Bill et moi, on était ici un jour. Bill avait un des numéros qui venait juste de paraître. Il y regardait et il a dit : "J'ai écrit une lettre. J'me demande s'ils l'ont mise dans ce numéro." Mais elle n'y était pas. Bill a dit : "Peut-être qu'ils la gardent pour plus tard." Et c'est justement ce qu'ils ont fait. La v'là.

— Tu dois avoir raison, dit Slim. Elle a bien paru en effet. »

George tendit la main pour s'emparer du magazine. « Fais un peu voir. »

Whit retrouva l'endroit, mais il ne laissa personne s'en saisir. Il montra la lettre avec l'index. Puis il alla poser soigneusement le magazine sur la planche de sa caisse. « J'me demande si Bill l'a vue, dit-il. Bill et moi, on travaillait au champ de pois. On conduisait les scarificateurs, tous les deux. Bill était un brave bougre. »

Carlson ne s'était pas laissé distraire par la conversation. Il continuait à regarder le vieux chien. Candy l'observait, mal à l'aise. À la fin, Carlson dit : « Si tu veux, j'le soulagerai de ses peines à l'instant même, le pauvre diable. On n'en parlera plus. Il ne lui reste plus rien. Il peut pas manger, il peut pas voir, il peut même pas marcher sans que ça lui fasse mal. »

Candy dit avec un peu d'espoir : « T'as pas de fusil.

— Avec ça. J'ai un Luger. Ça ne lui fera pas mal. »

Candy said, "Maybe tomorra. Le's wait till tomorra."

"I don't see no reason for it," said Carlson. He went to his bunk, pulled his bag from underneath it and took out a Luger pistol. "Let's get it over with," he said. "We can't sleep with him stinkin' around in here." He put the pistol in his hip pocket.

Candy looked a long time at Slim to try to find some reversal. And Slim gave him none. At last Candy said softly and hopelessly, "Awright—take 'im." He did not look down at the dog at all. He lay back on his bunk and crossed his arms behind his head and stared at the ceiling.

From his pocket Carlson took a little leather thong. He stooped over and tied it around the old dog's neck. All the men except Candy watched him. "Come boy. Come on, boy," he said gently. And he said apologetically to Candy, "He won't even feel it." Candy did not move nor answer him. He twitched the thong. "Come on, boy." The old dog got slowly and stiffly to his feet and followed the gently pulling leash.

Slim said, "Carlson."

"Yeah?"

"You know what to do."

"What ya mean, Slim?"

"Take a shovel," said Slim shortly.

"Oh, sure! I get you." He led the dog out into the darkness.

Candy dit : « Demain, peut-être. Attendons à demain.

— J'vois pas de raison », dit Carlson. Il se dirigea vers son lit, tira son sac qui se trouvait dessous, et en sortit un pistolet Luger. « Finissons-en, dit-il. On ne pourra pas dormir avec cette puanteur autour de nous. » Il fourra le pistolet dans sa poche de derrière.

Candy regarda longuement Slim dans l'espoir qu'il soulèverait quelque objection. Et Slim n'en fit aucune. Candy, découragé, finit par dire, doucement : « Alors, c'est bon… Emmène-le. » Il n'abaissa même pas son regard vers le chien. Il s'étendit sur son lit, croisa les bras derrière la tête et contempla le plafond.

Carlson sortit une petite courroie de sa poche. Il se pencha et la passa autour du cou du chien. Tous les hommes, sauf Candy, le regardaient. « Viens, viens, mon vieux », dit-il doucement. Et, en manière d'excuse, il dit à Candy : « Il ne le sentira même pas. » Candy resta immobile et ne répondit rien. Il tordit la courroie. « Allons, viens. » Le vieux chien se leva avec effort et suivit, d'un pas raide, la laisse qui le tirait doucement.

Slim dit : « Carlson.

— Ouais ?

— Tu sais ce que t'as à faire.

— Que veux-tu dire, Slim ?

— Prends une bêche, dit Slim brièvement.

— Oh ! bien sûr, j'comprends. » Il fit sortir le chien dans l'obscurité.

George followed to the door and shut the door and set the latch gently in its place. Candy lay rigidly on his bed staring at the ceiling.

Slim said loudly, "One of my lead mules got a bad hoof. Got to get some tar on it." His voice trailed off. It was silent outside. Carlson's footsteps died away. The silence came into the room. And the silence lasted.

George chuckled, "I bet Lennie's right out there in the barn with his pup. He won't want to come in here no more now he's got a pup."

Slim said, "Candy, you can have any one of them pups you want."

Candy did not answer. The silence fell on the room again. It came out of the night and invaded the room. George said, "Anybody like to play a little euchre?"

"I'll play out a few with you," said Whit.

They took places opposite each other at the table under the light, but George did not shuffle the cards. He rippled the edge of the deck nervously, and the little snapping noise drew the eyes of all the men in the room, so that he stopped doing it. The silence fell on the room again. A minute passed, and another minute. Candy lay still, staring at the ceiling. Slim gazed at him for a moment and then looked down at his hands; he subdued one hand with the other, and held it down.

George les suivit jusqu'à la porte qu'il ferma, et, doucement, il mit le loquet en place. Candy, tout raide sur son lit, contemplait le plafond.

Slim dit à haute voix : « Une de mes mules de flèche a un sabot malade. Faudra que j'y mette du goudron. » Sa voix traîna et s'évanouit. Le silence régnait au-dehors. Les pas de Carlson s'effacèrent. Le silence emplit la chambre et le silence se prolongea.

George ricana : « J'parie que Lennie est là-bas, dans l'écurie, avec son petit chien. Maintenant qu'il a un chiot, il n'va plus vouloir venir ici. »

Slim dit : « Candy, tu peux avoir tous les petits chiens que tu voudras. »

Candy ne répondit pas. Le silence retomba dans la chambre. Il venait de la nuit et il envahissait la chambre. George dit : « Y a-t-il quelqu'un qui voudrait jouer à l'euchre[1] ?

— J'ferai bien quelques parties avec toi », dit Whit.

Ils s'assirent l'un en face de l'autre, à la table, sous la lampe, mais George ne battit pas les cartes. Il feuilletait les bords du paquet, nerveusement, et le petit claquement attira les regards de tous les hommes dans la chambre et le fit cesser. Le silence retomba dans la chambre. Une minute s'écoula, puis une autre minute. Candy, étendu, immobile, contemplait le plafond ; Slim le regarda un moment, puis examina ses mains. Il couvrit l'une avec l'autre et la maintint immobile.

1. Sorte de jeu de cartes.

There came a little gnawing sound from under the floor and all the men looked down toward it gratefully. Only Candy continued to stare at the ceiling.

"Sounds like there was a rat under there," said George. "We oughtta get a trap down there."

Whit broke out, "What the hell's takin' him so long? Lay out some cards, why don't you? We ain't going to get no euchre played this way."

George brought the cards together tightly and studied the backs of them. The silence was in the room again.

A shot sounded in the distance. The men looked quickly at the old man. Every head turned toward him.

For a moment he continued to stare at the ceiling. Then he rolled slowly over and faced the wall and lay silent.

George shuffled the cards noisily and dealt them. Whit drew a scoring board to him and set the pegs to start. Whit said, "I guess you guys really come here to work."

"How do ya mean?" George asked.

Whit laughed. "Well, ya come on a Friday. You got two days to work till Sunday."

"I don't see how you figure," said George.

Whit laughed again. "You do if you been around these big ranches much. Guy that wants to look over a ranch

Ensuite, on entendit un grignotement sous la porte, et tous les hommes baissèrent les yeux avec reconnaissance. Seul Candy contemplait toujours le plafond.

« On dirait qu'il y a un rat, là-dessous, dit George. Faudrait mettre un piège. »

Whit éclata : « Nom de Dieu, pourquoi donc qu'il lui faut si longtemps ? Pourquoi que tu n'donnes pas les cartes ? C'est pas comme ça que nous jouerons à l'euchre. »

George mit les cartes en paquet serré et en contempla le dos. Le silence, de nouveau, avait envahi la chambre.

Une détonation retentit dans le lointain. Les hommes regardèrent rapidement le vieux. Toutes les têtes se tournèrent vers lui.

Pendant un moment, il resta à contempler le plafond. Puis il se tourna lentement sur le côté, face au mur, et resta silencieux.

George battit les cartes bruyamment et donna. Whit tira à lui une planche à marquer et disposa les fiches. Whit dit : « J'suppose que vous venez réellement pour travailler, tous les deux ?

— Qu'est-ce que tu veux dire ? » demanda George.

Whit se mit à rire. « Ben, vous vous amenez un vendredi. Vous avez deux jours à travailler avant dimanche.

— J'vois pas comment tu calcules », dit George.

Whit se remit à rire. « Tu le verrais si t'avais longtemps vécu dans ces grands ranches. Un type qui veut se rendre compte d'un ranch

comes in Sat'day afternoon. He gets Sat'day night supper an' three meals on Sunday, and he can quit Monday mornin' after breakfast without turning his hand. But you come to work Friday noon. You got to put in a day an' a half no matter how you figure."

George looked at him levelly. "We're gonna stick aroun' a while," he said. "Me an' Lennie's gonna roll up a stake."

The door opened quietly and the stable buck put in his head; a lean negro head, lined with pain, the eyes patient. "Mr. Slim."

Slim took his eyes from old Candy. "Huh? Oh! Hello, Crooks. What's 'a matter?"

"You told me to warm up tar for that mule's foot. I got it warm."

"Oh! Sure, Crooks. I'll come right out an' put it on."

"I can do it if you want, Mr. Slim."

"No. I'll come do it myself." He stood up.

Crooks said, "Mr. Slim."

"Yeah."

"That big new guy's messin' around your pups out in the barn."

"Well, he ain't doin' no harm. I give him one of them pups."

"Just thought I'd tell ya," said Crooks. "He's takin' 'em outta the nest and handlin' them. That won't do them no good."

s'amène le samedi après-midi. Il reçoit son souper du samedi, et trois repas le dimanche, et il peut foutre le camp le lundi après le premier déjeuner, sans avoir remué le petit doigt. Mais, vous, vous arrivez travailler le vendredi à midi. Faudra donc que vous travailliez un jour et demi quelle que soit vot' façon de calculer. »

George le regarda bien en face. « Nous allons rester quelque temps, dit-il. Moi et Lennie, on veut se faire un peu d'argent. »

La porte s'ouvrit doucement et le palefrenier passa la tête ; une mince tête de nègre, où la douleur avait laissé ses marques, et des yeux patients. « Monsieur Slim. »

Slim, qui regardait toujours le vieux Candy, tourna les yeux. « Hein ? Oh ! Bonsoir, Crooks. Qu'est-ce qu'il y a ?

— Vous m'avez dit de faire chauffer du goudron pour le pied de votre mule. Il est chaud.

— Oh ! bien sûr, Crooks. J'vais aller l'appliquer tout de suite.

— J'peux le faire si vous voulez, monsieur Slim.

— Non, je le ferai moi-même. » Il se leva.

Crooks dit : « Monsieur Slim.

— Ouais.

— Y a le grand type, le nouveau, il tripote vos petits chiens, dans l'écurie.

— Bon, il ne leur fait pas de mal. J'lui en ai donné un de ces petits chiens.

— J'voulais simplement vous dire, dit Crooks. Il les sort de leur caisse et il les manipule. Ça ne leur fera pas de bien.

"He won't hurt 'em," said Slim. "I'll come along with you now."

George looked up. "If that crazy bastard's foolin' around too much, jus' kick him out, Slim."

Slim followed the stable buck out of the room.

George dealt and Whit picked up his cards and examined them. "Seen the new kid yet?" he asked.

"What kid?" George asked.

"Why, Curley's new wife."

"Yeah, I seen her."

"Well, ain't she a looloo?"

"I ain't seen that much of her," said George.

Whit laid down his cards impressively. "Well, stick around an' keep your eyes open. You'll see plenty. She ain't concealin' nothing. I never seen nobody like her. She got the eye goin' all the time on everybody. I bet she even gives the stable buck the eye. I don't know what the hell she wants."

George asked casually, "Been any trouble since she got here?"

It was obvious that Whit was not interested in his cards. He laid his hand down and George scooped it in. George laid out his deliberate solitaire hand—seven cards, and six on top, and five on top of those.

Whit said, "I see what you mean. No, they ain't been nothing yet. Curley's got yella-jackets in his drawers, but that's all so far. Ever' time the guys is around she shows up. She's lookin' for Curley, or she thought she lef' somethin' layin' around and she's

— Ça n'leur fera pas de mal, dit Slim. J'vais aller avec toi. »

George leva les yeux. « Si ce grand couillon y va trop fort, fous-le dehors, Slim. »

Slim sortit avec le palefrenier.

George donna et Whit ramassa ses cartes et les examina. « T'as déjà vu la petite ? demanda-t-il.

— Quelle petite ? demanda George.

— Ben, la nouvelle femme à Curley.

— Ouais, je l'ai vue.

— Alors, elle se pose pas là ?

— J'l'ai point assez vue », dit George.

Whit déposa ses cartes d'un geste impressionnant. « Ben, t'as qu'à rester quelque temps et ouvrir les yeux. Tu verras quelque chose. Elle ne cache rien. J'ai jamais rien vu de pareil. Elle passe son temps à faire de l'œil à tout le monde. J'parierais qu'elle fait de l'œil même au palefrenier. Du diable si je sais de quoi elle a envie. »

George demanda d'un air indifférent : « Y a pas eu de grabuge depuis qu'elle est ici ? »

Il était évident que Whit ne s'intéressait pas à ses cartes. Il abattit sa main, et George remit les cartes dans le paquet. George étala sa réussite ordinaire – sept cartes, six par-dessus, et cinq par-dessus le tout.

Whit dit : « J'vois ce que tu veux dire. Non, il n's'est encore rien passé. Curley a, comme qui dirait, un nid de frelons dans ses culottes, jusqu'à présent, c'est tout. Chaque fois qu'il y a un gars ici, elle s'amène. Elle cherche Curley, ou bien elle croyait qu'elle avait oublié quelque chose et elle

lookin' for it. Seems like she can't keep away from guys. An' Curley's pants is just crawlin' with ants, but they ain't nothing come of it yet."

George said, "She's gonna make a mess. They's gonna be a bad mess about her. She's a jail bait all set on the trigger. That Curley got his work cut out for him. Ranch with a bunch of guys on it ain't no place for a girl, 'specially like her."

Whit said, "If you got idears, you oughtta come in town with us guys tomorra night."

"Why? What's doin'?"

"Jus' the usual thing. We go in to old Susy's place. Hell of a nice place. Old Susy's a laugh—always crackin' jokes. Like she says when we come up on the front porch las' Sat'day night. Susy opens the door and then she yells over her shoulder, 'Get yor coats on, girls, here comes the sheriff.' She never talks dirty, neither. Got five girls there."

"What's it set you back?" George asked.

"Two an' a half. You can get a shot for two bits. Susy got nice chairs to set in, too. If a guy don't want a flop, why he can just set in the chairs and have a couple or three shots and pass the time of day and Susy don't give a damn. She ain't rushin' guys through and kickin' 'em out if they don't want a flop."

"Might go in and look the joint over," said George.

venait le chercher. À ce qu'on dirait, elle n'peut pas s'éloigner des hommes. Et Curley a des fourmis plein ses culottes, mais, jusqu'à présent, il ne s'est rien passé. »

George dit : « Ça fera du vilain. Sûr qu'il se passera du vilain autour d'elle. C'est un piège tout tendu pour ceux qu'aiment la prison. Le Curley a son travail tout préparé. Un ranch avec un tas de types, c'est pas un endroit pour une femme, surtout une comme ça. »

Whit dit : « Si t'as des idées, tu devrais venir en ville avec nous, demain soir.

— Pourquoi ? Qu'est-ce qui s'y passe ?

— Comme à l'ordinaire. On va chez la vieille Suzy. C'est une chic maison. La vieille Suzy est tordante... toujours quelque blague à raconter. Comme elle a dit, quand on est arrivés sous la véranda, samedi dernier : Suzy ouvre la porte, et puis elle gueule par-dessus son épaule : "Allons, mesdames, mettez vos manteaux, v'là le shérif." Elle n'est jamais grossière, non plus. Elle a cinq femmes chez elle.

— Combien que ça coûte ? demanda George.

— Deux dollars et demi. On peut boire un verre pour vingt-cinq *cents.* Suzy a de bons fauteuils pour s'asseoir aussi. Si un type veut pas coucher, il peut s'asseoir dans les fauteuils et boire deux ou trois verres et passer le temps, et Suzy s'en fout. Elle n'vous bouscule pas, et elle n'vous fout pas dehors si on n'veut pas coucher.

— J'irai peut-être bien y jeter un coup d'œil, dit George.

"Sure. Come along. It's a hell of a lot of fun—her crackin' jokes all the time. Like she says one time, she says, 'I've knew people that if they got a rag rug on the floor an' a Kewpie doll lamp on the phonograph they think they're running a parlor house.' That's Clara's house she's talkin' about. An' Susy says, 'I know what you boys want,' she says. 'My girls is clean,' she says, 'an' there ain't no water in my whisky,' she says. 'If any you guys wanta look at a Kewpie doll lamp an' take your own chance gettin' burned, why you know where to go.' An' she says, 'There's guys around here walkin' bow-legged 'cause they like to look at a Kewpie doll lamp.'"

George asked, "Clara runs the other house, huh?"

"Yeah," said Whit. "We don't never go there. Clara gets three bucks a crack and thirty-five cents a shot, and she don't crack no jokes. But Susy's place is clean and she got nice chairs. Don't let no goo-goos in, neither."

"Me an' Lennie's rollin' up a stake," said George. "I might go in an' set and have a shot, but I ain't puttin' out no two and a half."

"Well, a guy got to have some fun sometime," said Whit.

The door opened and Lennie and Carlson came in together. Lennie crept to his bunk and sat down, trying not to attract attention. Carlson reached under his bunk and brought out his bag. He didn't look at old Candy, who still faced the wall. Carlson found a

— Bien sûr, t'auras qu'à venir. J't'assure qu'on rigole… avec elle qui passe son temps à raconter des blagues. Comme elle a dit un jour : "J'connais des gens, s'ils ont un tapis sur leur plancher et une lampe à fanfreluches sur leur phono, ils s'figurent qu'ils tiennent un salon." C'est de la maison à Clara qu'elle parle. Et Suzy dit : "Moi, j'sais ce que vous voulez, les gars. Mes femmes sont saines, qu'elle dit, et y a pas d'eau dans mon whiskey non plus, qu'elle dit. Si y en a parmi vous qu'aiment regarder une lampe à fanfreluches et courir le risque de se faire échauder, ben, j'sais où qu'ils peuvent aller." Et elle dit : "Y a des gars par ici qui s'baladent avec les jambes en manches de veste parce que ça leur plaît de regarder une lampe à fanfreluches…" »

George dit : « Clara tient l'autre maison, hé ?

— Ouais, dit Whit. On y va jamais. Chez Clara on paie trois dollars le coup et trente-cinq *cents* le verre, et puis elle n'raconte pas de blagues. Mais, chez Suzy, c'est propre et y a de bons fauteuils. Et, en plus, elle n'laisse pas entrer les Malais.

— Lennie et moi, on veut se faire un magot, dit George. J'irai peut-être m'asseoir et boire un verre, mais je dépenserai pas deux dollars et demi.

— Faut bien qu'on s'amuse des fois », dit Whit.

La porte s'ouvrit et Lennie et Carlson entrèrent ensemble. Lennie alla s'asseoir sur son lit en s'efforçant de ne pas attirer l'attention. Carlson se pencha et tira son sac de dessous son lit. Il ne regarda pas le vieux Candy qui était toujours tourné vers le mur. Carlson sortit de son sac une

little cleaning rod in the bag and a can of oil. He laid them on his bed and then brought out the pistol, took out the magazine and snapped the loaded shell from the chamber. Then he fell to cleaning the barrel with the little rod. When the ejector snapped, Candy turned over and looked for a moment at the gun before he turned back to the wall again.

Carlson said casually, "Curley been in yet?"

"No," said Whit. "What's eatin' on Curley?"

Carlson squinted down the barrel of his gun. "Lookin' for his old lady. I seen him going round and round outside."

Whit said sarcastically, "He spends half his time lookin' for her, and the rest of the time she's lookin' for him."

Curley burst into the room excitedly. "Any you guys seen my wife?" he demanded.

"She ain't been here," said Whit.

Curley looked threateningly about the room. "Where the hell's Slim?"

"Went out in the barn," said George. "He was gonna put some tar on a split hoof."

Curley's shoulders dropped and squared. "How long ago'd he go?"

"Five—ten minutes."

Curley jumped out the door and banged it after him.

petite baguette à nettoyer et une bouteille d'huile. Il les déposa sur son lit puis il prit le pistolet, sortit le magasin et fit tomber les balles. Il se mit ensuite à nettoyer le canon avec la petite baguette. En entendant le déclic de l'éjecteur, Candy se tourna et regarda l'arme un instant avant de se retourner face au mur.

Carlson dit incidemment : « Curley n'est pas encore venu ?

— Non, dit Whit. Qu'est-ce qui le ronge, Curley ? »

Carlson, l'œil cligné, regardait dans le canon de son pistolet. « Il cherche sa bourgeoise. Je l'ai vu dehors en train de fouiner dans tous les coins. »

Whit dit ironiquement : « Il passe la moitié de son temps à la chercher, et, le reste du temps, c'est elle qui le cherche. »

Curley, très agité, entra dans la chambre. « Vous avez pas vu ma femme, des fois, les gars ? demanda-t-il.

— Elle n'est point venue ici », dit Whit.

Curley inspecta la salle d'un air menaçant. « Où diable est Slim ?

— Il est allé à l'écurie, dit George. Il est allé mettre du goudron sur un sabot fendu. »

Curley abaissa les épaules et bomba le torse. « Y a combien de temps ?

— Cinq… dix minutes. »

Curley bondit vers la porte qu'il fit claquer derrière lui.

Whit stood up. "I guess maybe I'd like to see this," he said. "Curley's just spoilin' or he wouldn't start for Slim. An' Curley's handy, God damn handy. Got in the finals for the Golden Gloves. He got newspaper clippings about it." He considered. "But jus' the same, he better leave Slim alone. Nobody don't know what Slim can do."

"Thinks Slim's with his wife, don't he?" said George.

"Looks like it," Whit said. " 'Course Slim ain't. Least I don't think Slim is. But I like to see the fuss if it comes off. Come on, le's go."

George said, "I'm stayin' right here. I don't want to get mixed up in nothing. Lennie and me got to make a stake."

Carlson finished the cleaning of the gun and put it in the bag and pushed the bag under his bunk. "I guess I'll go out and look her over," he said. Old Candy lay still, and Lennie, from his bunk, watched George cautiously.

When Whit and Carlson were gone and the door closed after them, George turned to Lennie. "What you got on your mind?"

"I ain't done nothing, George. Slim says I better not pet them pups so much for a while. Slim says it ain't good for them; so I come right in. I been good, George."

"I coulda told you that," said George.

Whit se leva. « M'est avis que j'aimerais bien voir ça, dit-il. Curley baisse, sans quoi, il se frotterait pas à Slim. Et Curley est habile, bougrement habile. Il a boxé dans les finales pour les Gants d'Or. Il a des coupures de journaux là-dessus. » Il réfléchit. « Mais quand même, il ferait mieux de laisser Slim tranquille. On n'sait jamais ce que Slim peut faire.

— Il croit que Slim est avec sa femme, pas vrai ? dit George.

— Ça en a tout l'air, dit Whit. Naturellement, Slim n'est pas avec elle. Du moins, j'crois pas. Mais, si ça s'gâte, j'aimerais bien voir ça. Venez, allons-y. »

George dit : « Moi, j'reste ici. J'veux pas être mêlé à ces histoires-là. Lennie et moi, on veut gagner du pèze. »

Carlson acheva le nettoyage de son pistolet, le remit dans le sac et poussa le sac sous le lit. « M'est avis que je vais aller y jeter un coup d'œil », dit-il. Le vieux Candy ne bougeait pas, et Lennie, de son lit, surveillait George prudemment.

Quand Whit et Carlson furent partis et que la porte se fut refermée derrière eux, George se tourna vers Lennie. « Qu'est-ce que t'as dans l'idée ?

— Rien, George. Slim dit qu'il vaut mieux que j'caresse pas tant les petits chiens pendant quelques jours. Slim dit que c'est pas bon pour eux. Alors, j'suis tout de suite revenu. J'ai été sage, George.

— J'aurais pu te dire ça moi-même, dit George.

"Well, I wasn't hurtin' 'em none. I jus' had mine in my lap pettin' it."

George asked, "Did you see Slim out in the barn?"

"Sure I did. He tol' me I better not pet that pup no more."

"Did you see that girl?"

"You mean Curley's girl?"

"Yeah. Did she come in the barn?"

"No. Anyways I never seen her."

"You never seen Slim talkin' to her?"

"Uh-uh. She ain't been in the barn."

"O.K.," said George. "I guess them guys ain't gonna see no fight. If there's any fightin', Lennie, you keep out of it."

"I don't want no fights," said Lennie. He got up from his bunk and sat down at the table, across from George. Almost automatically George shuffled the cards and laid out his solitaire hand. He used a deliberate, thoughtful slowness.

Lennie reached for a face card and studied it, then turned it upside down and studied it. "Both ends the same," he said. "George, why is it both ends the same?"

"I don't know," said George. "That's jus' the way they make 'em. What was Slim doin' in the barn when you seen him?"

"Slim?"

"Sure. You seen him in the barn, an' he tol' you not to pet the pups so much."

"Oh, yeah. He had a can a tar an' a paint brush. I don't know what for."

— Oh ! j'leur faisais pas de mal. J'avais le mien sur mes genoux et j'le caressais, c'est tout. »

George demanda : « As-tu vu Slim dans l'écurie ?

— Pour sûr que je l'ai vu. Il m'a dit que j'ferais mieux d'plus caresser mon petit chien.

— As-tu vu cette femme ?

— Tu veux dire la femme à Curley ?

— Ouais. Est-ce qu'elle est venue à l'écurie ?

— Non. En tout cas, j'l'ai pas vue.

— T'as pas vu Slim lui parler ?

— Non. Elle est pas venue à l'écurie.

— Ça va, dit George. Probable qu'ils ne verront pas de bataille. S'ils se battent, Lennie, t'en mêle pas.

— J'veux point me battre », dit Lennie. Il se leva de son lit et s'assit à la table en face de George. George battit les cartes presque automatiquement et recommença sa réussite. Il agissait avec une lenteur délibérée, réfléchie.

Lennie avança la main, prit une figure et l'examina. Puis il la changea de bout et l'examina de nouveau. « Les deux bouts sont pareils, dit-il. George, pourquoi c'est-il que les deux bouts sont pareils ?

— J'sais pas, dit George. C'est comme ça qu'on les fait. Qu'est-ce qu'il faisait, Slim, dans l'écurie, quand tu l'as vu ?

— Slim ?

— Oui. Tu l'as vu dans l'écurie, et il t'a dit de n'pas tant tripoter les petits chiens.

— Oh ! oui. Il avait un pot de goudron et un pinceau. J'sais pas pour quoi faire.

"You sure that girl didn't come in like she come in here today?"

"No. She never come."

George sighed. "You give me a good whore house every time," he said. "A guy can go in an' get drunk and get ever'thing outta his system all at once, an' no messes. And he knows how much it's gonna set him back. These here jail baits is just set on the trigger of the hoosegow."

Lennie followed his words admiringly, and moved his lips a little to keep up. George continued, "You remember Andy Cushman, Lennie? Went to grammar school?"

"The one that his old lady used to make hot cakes for the kids?" Lennie asked.

"Yeah. That's the one. You can remember anything if there's anything to eat in it." George looked carefully at the solitaire hand. He put an ace up on his scoring rack and piled a two, three and four of diamonds on it. "Andy's in San Quentin right now on account of a tart," said George.

Lennie drummed on the table with his fingers. "George?"

"Huh?"

"George, how long's it gonna be till we get that little place an' live on the fatta the lan'—an' rabbits?"

"I don' know," said George. "We gotta get a big stake together. I know a little place we can get cheap, but they ain't givin' it away."

— T'es sûr que cette femme n'est pas entrée, comme elle est entrée ici aujourd'hui ?

— Non, elle n'est pas entrée. »

George soupira. « Parlez-moi d'un bon bordel, dit-il. On peut y aller se soûler et se soulager le système tout à la fois, et pas de complications. Et puis, en plus, on sait combien que ça vous coûtera. Tandis que ces pièges-là, c'est toujours prêt à vous faire foutre en tôle. »

Lennie suivait ces paroles avec admiration, et il remuait un peu les lèvres pour être sûr de ne pas perdre le fil. George continua. « Tu te rappelles Andy Cushman, Lennie ? Qu'allait à l'école primaire ?

— Celui dont la mère faisait des crêpes pour les gosses ? demanda Lennie.

— Ouais. C'est ça. Tu te rappelles toujours quand il y a quelque chose à bouffer. » George examinait soigneusement sa réussite. Il mit un as sur la rangée finale et y posa un deux, un trois et un quatre de carreau. « Andy est à San Quentin[1] en ce moment, à cause d'une poule », dit George.

Lennie pianota sur la table. « George ?

— Quoi ?

— George, dans combien de temps c'est-il qu'on aura cette petite maison où qu'on vivra comme des rentiers… et des lapins ?

— J'sais pas, dit George. Faut d'abord qu'on ramasse du pèze. J'connais un petit endroit qu'on pourrait avoir pour pas cher, mais on n'le donnerait pas pour rien. »

1. Prison près de San Francisco.

Old Candy turned slowly over. His eyes were wide open. He watched George carefully.

Lennie said, "Tell about that place, George."

"I jus' tol' you, jus' las' night."

"Go on—tell again, George."

"Well, it's ten acres," said George. "Got a little win'mill. Got a little shack on it, an' a chicken run. Got a kitchen, orchard, cherries, apples, peaches, 'cots, nuts, got a few berries. They's a place for alfalfa and plenty water to flood it. They's a pig pen——"

"An' rabbits, George."

"No place for rabbits now, but I could easy build a few hutches and you could feed alfalfa to the rabbits."

"Damn right, I could," said Lennie. "You God damn right I could."

George's hands stopped working with the cards. His voice was growing warmer. "An' we could have a few pigs. I could build a smoke house like the one gran'pa had, an' when we kill a pig we can smoke the bacon and the hams, and make sausage an' all like that. An' when the salmon run up river we could catch a hundred of 'em an' salt 'em down or smoke 'em. We could have them for breakfast. They ain't nothing so nice as smoked salmon. When the fruit come in we could

Lentement, le vieux Candy se retourna. Il avait les yeux grands ouverts. Il observait George attentivement.

Lennie dit : « Parle-moi de cet endroit, George.

— Je t'en ai parlé, pas plus tard qu'hier soir.

— Allons… dis-moi encore, George.

— Ben, y a cinq hectares, dit George. Y a un petit moulin à vent, une petite maison et un poulailler. Y a une cuisine, un verger, des cerises, des pommes, des abricots, des noix, quelques fraises. Y a un coin pour la luzerne, et de l'eau tant qu'on en veut pour l'arroser. Y a un toit à cochons…

— Et des lapins, George.

— Y a pas de lapins pour le moment, mais j'pourrai facilement construire quelques clapiers, et tu pourras donner de la luzerne aux lapins.

— Tu parles que j'pourrai, dit Lennie. Tu parles que j'pourrai. »

Les mains de George cessèrent de manier les cartes. Sa voix se fit plus intense. « Et nous pourrions avoir quelques cochons. J'pourrais construire un fumoir, comme celui qu'avait grand-père, et, quand on tuerait le cochon, on pourrait fumer le lard et le jambon, et faire du boudin et un tas d'autres choses. Et quand le saumon remonterait la rivière, on pourrait en attraper cent et les saler et les fumer. On pourrait en manger au premier déjeuner. Y a rien de meilleur que le saumon fumé. À la saison des fruits, on pourrait

can it—and tomatoes, they're easy to can. Ever' Sunday we'd kill a chicken or a rabbit. Maybe we'd have a cow or a goat, and the cream is so God damn thick you got to cut it with a knife and take it out with a spoon."

Lennie watched him with wide eyes, and old Candy watched him too. Lennie said softly, "We could live offa the fatta the lan'."

"Sure," said George. "All kin's a vegetables in the garden, and if we want a little whisky we can sell a few eggs or something, or some milk. We'd jus' live there. We'd belong there. There wouldn't be no more runnin' round the country and gettin' fed by a Jap cook. No, sir, we'd have our own place where we belonged and not sleep in no bunkhouse."

"Tell about the house, George," Lennie begged.

"Sure, we'd have a little house an' a room to ourself. Little fat iron stove, an' in the winter we'd keep a fire goin' in it. It ain't enough land so we'd have to work too hard. Maybe six, seven hours a day. We wouldn't have to buck no barley eleven hours a day. An' when we put in a crop, why, we'd be there to take the crop up. We'd know what come of our planting."

"An' rabbits," Lennie said eagerly. "An' I'd take care of 'em. Tell how I'd do that, George."

faire des conserves… les tomates, c'est facile à mettre en conserve. Tous les dimanches, on tuerait un poulet ou un lapin. Peut-être bien qu'on aurait une vache ou une chèvre, et de la crème si épaisse qu'il faudrait la couper au couteau et la prendre avec une cuillère. »

Lennie le regardait, les yeux écarquillés, et le vieux Candy le regardait aussi. Lennie dit doucement : « On vivrait comme des rentiers.

— Pour sûr, dit George. Un tas de légumes dans le jardin, et, si on voulait un peu de whiskey, on n'aurait qu'à vendre quelques œufs ou quelque chose, ou du lait. C'est là qu'on habiterait. Ça serait notre chez-nous. Y aurait plus besoin de courir le pays et de se faire nourrir par un cuisinier japonais. Non, non, nous aurions notre propre maison qui serait à nous, et on ne dormirait plus dans une chambrée.

— Parle-moi de la maison, George, supplia Lennie.

— Ouais, on aurait une petite maison et une chambre pour nous autres. Un petit poêle en fonte tout rond, et, l'hiver, on y entretiendrait le feu. Y aurait pas assez de terre pour qu'on soit obligés de travailler trop fort. Six à sept heures par jour, peut-être bien. On aurait pas à charger de l'orge onze heures par jour. Et, quand on planterait une récolte, on serait là pour la récolter. On verrait le résultat de nos plantations.

— Et des lapins, dit Lennie ardemment. Et c'est moi qui les soignerais. Dis-moi comment que je ferais, George.

"Sure, you'd go out in the alfalfa patch an' you'd have a sack. You'd fill up the sack and bring it in an' put it in the rabbit cages."

"They'd nibble an' they'd nibble," said Lennie, "the way they do. I seen 'em."

"Ever' six weeks or so," George continued, "them does would throw a litter so we'd have plenty rabbits to eat an' to sell. An' we'd keep a few pigeons to go flyin' around the win'mill like they done when I was a kid." He looked raptly at the wall over Lennie's head. "An' it'd be our own, an' nobody could can us. If we don't like a guy we can say, 'Get the hell out,' and by God he's got to do it. An' if a fren' come along, why we'd have an extra bunk, an' we'd say, 'Why don't you spen' the night?' an' by God he would. We'd have a setter dog and a couple stripe cats, but you gotta watch out them cats don't get the little rabbits."

Lennie breathed hard. "You jus' let 'em try to get the rabbits. I'll break their God damn necks. I'll… I'll smash 'em with a stick." He subsided, grumbling to himself, threatening the future cats which might dare to disturb the future rabbits.

George sat entranced with his own picture.

When Candy spoke they both jumped as though they had been caught doing something reprehensible. Candy said, "You know where's a place like that?"

— Bien sûr, t'irais dans le champ de luzerne avec un sac. Tu remplirais le sac et tu l'apporterais dans les cages aux lapins.

— Et ils brouteraient, ils brouteraient, dit Lennie, comme ils font, tu sais. J'les ai vus.

— Toutes les six semaines, à peu près, continua George, y en aurait qui feraient des petits. Comme ça, on aurait des tas de lapins à manger ou à vendre. Et nous garderions quelques pigeons pour voler autour du moulin, comme ils faisaient quand j'étais gosse. » Fasciné, il regarda le mur au-dessus de la tête de Lennie. « Et ça serait à nous, et personne n'pourrait nous foutre dehors. Et si on n'aimait pas un type, on lui dirait : “Fous le camp”, et il faudrait qu'il le fasse, nom de Dieu. Et si un ami s'amenait, on aurait un lit de réserve, et on lui dirait : “Pourquoi que tu restes pas à passer la nuit ?” Et, bon Dieu, il le ferait. On aurait un setter et deux ou trois chats tigrés, mais faudra que tu fasses attention à ce que ces chats n'attrapent pas les petits lapins. »

Lennie respirait fortement. « Qu'ils essaient de les attraper, les lapins, j'leur casserais les reins, nom de Dieu. J'les… j'les écrabouillerais à coups de bâton. » Il se calma, grognant en dedans, menaçant les chats futurs qui oseraient déranger les futurs lapins.

George était assis, médusé par sa propre vision.

Quand Candy parla, tous les deux sursautèrent comme s'ils s'étaient laissé prendre en faute. Candy dit : « Tu sais où il y a un endroit comme ça ? »

George was on guard immediately. "S'pose I do," he said. "What's that to you?"

"You don't need to tell me where it's at. Might be any place."

"Sure," said George. "That's right. You couldn't find it in a hundred years."

Candy went on excitedly, "How much they want for a place like that?"

George watched him suspiciously. "Well—I could get it for six hundred bucks. The ol' people that owns it is flat bust an' the ol' lady needs an operation. Say—what's it to you? You got nothing to do with us."

Candy said, "I ain't much good with on'y one hand. I lost my hand right here on this ranch. That's why they give me a job swampin'. An' they give me two hunderd an' fifty dollars 'cause I los' my hand. An' I got fifty more saved up right in the bank, right now. Tha's three hunderd, and I got fifty more comin' the end a the month. Tell you what——" He leaned forward eagerly. "S'pose I went in with you guys. Tha's three hunderd an' fifty bucks I'd put in. I ain't much good, but I could cook and tend the chickens and hoe the garden some. How'd that be?"

George half-closed his eyes. "I gotta think about that. We was always gonna do it by ourselves."

George se mit tout de suite sur la défensive. « Et quand bien même que je le saurais ? dit-il. Qu'est-ce que ça peut te faire ?

— T'as pas besoin de me dire où que c'est. Ça pourrait être n'importe où.

— Bien sûr, dit George. C'est vrai. T'y mettrais cent ans que tu n'pourrais pas l'trouver. »

Candy reprit, très agité. « Combien qu'on demande pour un endroit comme ça ? »

George le regardait soupçonneux : « Ben... j'pourrais l'avoir pour six cents dollars. Les vieux types qui y habitent sont fauchés, et la vieille a besoin d'une opération. Dis... qu'est-ce que ça peut bien te foutre ? Nos affaires, ça n'te regarde pas. »

Candy dit : « J'suis pas bon à grand-chose, avec une seule main. J'ai perdu ma main ici même, dans ce ranch. C'est pour ça qu'on me donne toutes les petites besognes. Et on m'a donné deux cent cinquante dollars parce que j'avais perdu ma main. Et j'en ai cinquante de plus en dépôt à la banque, à l'heure qu'il est. Ça fait trois cents, et, à la fin du mois, j'en aurai cinquante de plus. J'vas vous dire... – Il se pencha ardemment : – Si j'me joignais à vous, les gars ? Ça ferait trois cent cinquante dollars que j'pourrais y mettre. J'suis pas bon à grand-chose, mais je peux faire la cuisine, et soigner les poulets, et piocher un peu le jardin. Qu'est-ce que vous en dites ? »

George ferma les yeux à demi. « Faut que je réfléchisse. On avait toujours pensé faire ça ensemble, rien que nous deux. »

Candy interrupted him, “I’d make a will an’ leave my share to you guys in case I kick off, ’cause I ain’t got no relatives nor nothing. You guys got any money? Maybe we could do her right now?”

George spat on the floor disgustedly. “We got ten bucks between us.” Then he said thoughtfully, “Look, if me an’ Lennie work a month an’ don’t spen’ nothing, we’ll have a hunderd bucks. That’d be four fifty. I bet we could swing her for that. Then you an’ Lennie could go get her started an’ I’d get a job an’ make up the res’, an’ you could sell eggs an’ stuff like that.”

They fell into a silence. They looked at one another, amazed. This thing they had never really believed in was coming true. George said reverently, “Jesus Christ! I bet we could swing her.” His eyes were full of wonder. “I bet we could swing her,” he repeated softly.

Candy sat on the edge of his bunk. He scratched the stump of his wrist nervously. “I got hurt four years ago,” he said. “They’ll can me purty soon. Jus’ as soon as I can’t swamp out no bunkhouses they’ll put me on the county. Maybe if I give you guys my money, you’ll let me hoe in the garden even after I ain’t no good at it. An’ I’ll wash dishes an’ little chicken stuff like that. But I’ll be

Candy l'interrompit : « J'ferais un testament, et j'vous laisserais ma part au cas que je crèverais, parce que j'ai pas de parents, rien. Vous avez de l'argent, vous autres ? On pourrait peut-être s'arranger tout de suite. »

George cracha par terre d'un air dégoûté. « Nous avons dix dollars à nous deux. » Il ajouta, pensif : « Écoute, si moi et Lennie on travaille un mois sans rien dépenser, ça nous fera cent dollars. Ça ferait quatre cent cinquante. J'parie qu'on pourrait l'avoir pour ce prix-là. Alors, toi et Lennie, vous pourriez commencer à l'arranger, et moi, je me trouverais un emploi pour payer le reste, et vous pourriez vendre des œufs et des trucs comme ça. »

Ils restèrent silencieux. Ils se regardaient les uns les autres, étonnés. Cette chose, qu'ils n'avaient jamais vraiment crue, était sur le point de se réaliser. George dit avec componction : « Nom de Dieu ! J'parie qu'on pourrait l'avoir. » L'émerveillement emplissait ses yeux. « J'parie qu'on pourrait l'avoir », répéta-t-il doucement.

Candy s'assit sur le bord de son lit. Il gratta nerveusement son poignet mutilé. « Je me suis blessé, il y a quatre ans, dit-il. Bientôt, on me foutra dehors. Sitôt que je pourrai plus balayer une chambre, on m'enverra à la charge du comté. Peut-être bien que si je vous donnais mon argent, à vous autres, vous m'laisseriez piocher vot'jardin, même après que j'pourrais plus très bien le faire. Et je laverais la vaisselle, et d'autres petites choses comme ça. Mais je serais

on our own place, an' I'll be let to work on our own place." He said miserably, "You seen what they done to my dog tonight? They says he wasn't no good to himself nor nobody else. When they can me here I wisht somebody'd shoot me. But they won't do nothing like that. I won't have no place to go, an' I can't get no more jobs. I'll have thirty dollars more comin', time you guys is ready to quit."

George stood up. "We'll do her," he said. "We'll fix up that little old place an' we'll go live there." He sat down again. They all sat still, all bemused by the beauty of the thing, each mind was popped into the future when this lovely thing should come about.

George said wonderingly, "S'pose they was a carnival or a circus come to town, or a ball game, or any damn thing." Old Candy nodded in appreciation of the idea. "We'd just go to her," George said. "We wouldn't ask nobody if we could. Jus' say, 'We'll go to her,' an' we would. Jus' milk the cow and sling some grain to the chickens an' go to her."

"An' put some grass to the rabbits," Lennie broke in. "I wouldn't never forget to feed them. When we gon'ta do it, George?"

"In one month. Right squack in one month. Know what I'm gon'ta do? I'm gon'ta write to them old people that owns the place that we'll take it. An' Candy'll send a hunderd dollars to bind her."

chez nous, et on me laisserait travailler chez nous. » Il dit misérablement : « Vous avez vu ce qu'ils ont fait à mon chien, ce soir ? Ils disaient qu'il n'était plus bon pour personne même pas pour lui-même. Quand on m'foutra dehors, je voudrais que quelqu'un m'envoie un coup de fusil. Mais ils ne feront point ça. J'aurai nulle part où aller, et j'pourrai plus trouver de travail. J'aurai trente dollars de plus quand vous serez prêts à partir. »

George se leva. « On le fera, dit-il. On l'arrangera cette bonne vieille maison, et on ira y habiter. » Il se rassit. Ils étaient tous assis, immobiles, hypnotisés par la beauté de la chose, l'esprit tendu vers le futur, quand cette chose adorable viendrait à se réaliser.

George dit, spéculatif : « Supposez qu'il y ait une fête, ou qu'un cirque vienne en ville, ou un match de base-ball, n'importe quoi. » Le vieux Candy opina à cette idée. « Ben, on irait, dit George. On demanderait la permission à personne. On dirait simplement : “Allons-y”, et on irait. On se contenterait de traire la vache, de jeter un peu de grain aux poulets, et on irait.

— Et de donner de l'herbe aux lapins, intervint Lennie. J'oublierais jamais de les nourrir. Quand c'est-il qu'on va le faire, George ?

— Dans un mois. Dans un mois exactement. Tu sais ce que je vais faire ? J'vais écrire aux gens qui y habitent pour leur dire que nous l'achetons. Et Candy enverra cent dollars en versement.

"Sure will," said Candy. "They got a good stove there?"

"Sure, got a nice stove, burns coal or wood."

"I'm gonna take my pup," said Lennie. "I bet by Christ he likes it there, by Jesus."

Voices were approaching from outside. George said quickly, "Don't tell nobody about it. Jus' us three an' nobody else. They li'ble to can us so we can't make no stake. Jus' go on like we was gonna buck barley the rest of our lives, then all of a sudden some day we'll go get our pay an' scram outta here."

Lennie and Candy nodded, and they were grinning with delight. "Don't tell nobody," Lennie said to himself.

Candy said, "George."

"Huh?"

"I oughtta of shot that dog myself, George. I shouldn't oughtta of let no stranger shoot my dog."

The door opened. Slim came in, followed by Curley and Carlson and Whit. Slim's hands were black with tar and he was scowling. Curley hung close to his elbow.

Curley said, "Well, I didn't mean nothing, Slim. I just ast you."

Slim said, "Well, you been askin' me too often. I'm gettin' God damn sick of it. If you can't look after

— Pour sûr, dit Candy. Ils ont un bon poêle, là-bas ?

— Ouais, ils ont un bon poêle, un poêle à charbon et à bois.

— J'emporterai mon petit chien, dit Lennie. Sacré nom, il se plaira, là-bas, tu parles, nom de Dieu ! »

Au-dehors, des voix s'approchaient. George dit rapidement : « Ne dites rien à personne. Rien que nous trois et personne d'autre. Ils seraient capables de nous foutre à la porte pour nous empêcher d'avoir notre argent. Y a qu'à continuer comme si on devait charrier de l'orge toute notre vie, et puis, un beau jour, brusquement, on recevra notre paie et on foutra le camp. »

Lennie et Candy opinèrent en grimaçant de joie. « Faut le dire à personne, murmura Lennie à soi-même. »

Candy dit : « George.

— Oui ?

— C'est moi qu'aurais dû tuer mon chien, George. J'aurais pas dû laisser un étranger tuer mon chien. »

La porte s'ouvrit. Slim entra, suivi de Curley, de Carlson et de Whit. Slim avait les mains noires de goudron et il était furieux. Curley était collé à son coude.

Curley dit : « J'voulais pas t'offenser, Slim. J'te demandais simplement. »

Slim dit : « Ben, tu m'as demandé trop souvent. J'en ai plein le dos. Si tu n'peux pas surveiller

your own God damn wife, what you expect me to do about it? You lay offa me."

"I'm jus' tryin' to tell you I didn't mean nothing," said Curley. "I jus' thought you might of saw her."

"Why'n't you tell her to stay the hell home where she belongs?" said Carlson. "You let her hang around bunkhouses and pretty soon you're gonna have som'pin on your hands and you won't be able to do nothing about it."

Curley whirled on Carlson. "You keep outta this les' you wanta step outside."

Carlson laughed. "You God damn punk," he said. "You tried to throw a scare into Slim, an' you couldn't make it stick. Slim throwed a scare inta you. You're yella as a frog belly. I don't care if you're the best welter in the country. You come for me, an' I'll kick your God damn head off."

Candy joined the attack with joy. "Glove fulla Vaseline," he said disgustedly. Curley glared at him. His eyes slipped on past and lighted on Lennie; and Lennie was still smiling with delight at the memory of the ranch.

Curley stepped over to Lennie like a terrier. "What the hell you laughin' at?"

Lennie looked blankly at him. "Huh?"

Then Curley's rage exploded. "Come on, ya big bastard. Get up on your feet. No big son-of-a-bitch is gonna laugh at me. I'll show ya who's yella."

ta sacrée femme, qu'est-ce que tu veux que j'y fasse ? Fous-moi la paix.

— J'm'efforce de te dire que j'voulais pas t'offenser, dit Curley. J'pensais seulement que tu l'avais peut-être vue.

— Pourquoi que tu ne lui dis pas de rester chez elle, là où elle devrait être ? dit Carlson. Laisse-la traîner comme ça autour des chambrées, et, dans pas longtemps, t'auras quelque affaire sur les bras, et puis tu pourras rien y faire. »

Curley se retourna d'un bond vers Carlson. « Toi, te mêle pas de ça si tu ne veux pas prendre la porte. »

Carlson rit : « Bougre de salaud, dit-il. T'as essayé de foutre la trouille à Slim, mais ça n'a pas marché. C'est Slim qui te l'a foutue, la trouille. T'as autant de courage qu'un lapin. J'me fous pas mal que tu sois le meilleur boxeur du pays. T'as qu'à venir te frotter à moi, et je te la ferai valser ta sacrée sale gueule. »

Candy se joignit avec joie à l'attaque. « Un gant plein de vaseline », dit-il avec dégoût. Curley le fusilla du regard. Ses yeux allèrent alors se poser sur Lennie qui souriait toujours, ravi à l'idée de son ranch.

Curley s'approcha de Lennie comme un terrier. « Qu'est-ce que t'as à rire ? »

Lennie le regarda ahuri. « Hein ? »

Alors Curley explosa de rage : « Amène-toi ici, gros enfant de putain. Mets-toi debout. Il sera pas dit qu'un gros enfant de putain comme toi aura rigolé de moi. J't'apprendrai, moi, qui c'est qui a peur. »

Lennie looked helplessly at George, and then he got up and tried to retreat. Curley was balanced and poised. He slashed at Lennie with his left, and then smashed down his nose with a right. Lennie gave a cry of terror. Blood welled from his nose. "George," he cried. "Make 'um let me alone, George." He backed until he was against the wall, and Curley followed, slugging him in the face. Lennie's hands remained at his sides; he was too frightened to defend himself.

George was on his feet yelling, "Get him, Lennie. Don't let him do it."

Lennie covered his face with huge paws and bleated with terror. He cried, "Make 'um stop, George." Then Curley attacked his stomach and cut off his wind.

Slim jumped up. "The dirty little rat," he cried, "I'll get 'um myself."

George put out his hand and grabbed Slim. "Wait a minute," he shouted. He cupped his hands around his mouth and yelled, "Get 'im, Lennie!"

Lennie took his hands away from his face and looked about for George, and Curley slashed at his eyes. The big face was covered with blood. George yelled again, "I said get him."

Curley's fist was swinging when Lennie reached for it. The next minute Curley was flopping like a fish on a line, and his closed fist was lost in Lennie's big hand. George ran down the room. "Leggo of him, Lennie. Let go."

Lennie, désemparé, regardait George, puis il se leva et chercha à reculer. Curley s'était mis en position. Il décocha à Lennie un coup de son poing gauche, puis lui écrasa le nez avec le droit. Lennie poussa un cri de terreur. Le sang lui jaillit des narines. « George, cria-t-il, dis-lui de m'laisser tranquille, George. » Il recula jusqu'au mur, et Curley le suivit en le frappant au visage. Lennie gardait ses mains à ses côtés ; il avait trop peur pour se défendre lui-même.

George, debout, hurlait : « Vas-y, Lennie, le laisse pas faire. »

Lennie se couvrit le visage de ses grosses pattes. Il gémissait de terreur. Il s'écria : « Fais-le cesser, George. » Curley le frappa alors au creux de l'estomac et lui coupa la respiration.

Slim bondit : « La sale petite vache ! cria-t-il. C'est moi qui vais m'en charger. »

George étendit la main et retint Slim. « Un instant ! » hurla-t-il. Il mit ses mains en porte-voix autour de sa bouche et hurla : « Vas-y, Lennie ! »

Lennie enleva ses mains de dessus sa figure et chercha à voir George. Curley le frappa dans les yeux. La large face fut inondée de sang. George hurla de nouveau : « Vas-y, je t'ai dit. »

Curley balançait le poing quand Lennie l'attrapa. Une minute plus tard, Curley s'écroulait, comme un poisson au bout d'une ligne, et son poing fermé était perdu dans la grosse main de Lennie. George traversa la chambre en courant. « Lâche-le, Lennie, lâche-le. »

But Lennie watched in terror the flopping little man whom he held. Blood ran down Lennie's face, one of his eyes was cut and closed. George slapped him in the face again and again, and still Lennie held on to the closed fist. Curley was white and shrunken by now, and his struggling had become weak. He stood crying, his fist lost in Lennie's paw.

George shouted over and over, "Leggo his hand, Lennie. Leggo. Slim, come help me while the guy got any hand left."

Suddenly Lennie let go his hold. He crouched cowering against the wall. "You tol' me to, George," he said miserably.

Curley sat down on the floor, looking in wonder at his crushed hand. Slim and Carlson bent over him. Then Slim straightened up and regarded Lennie with horror. "We got to get him in to a doctor," he said. "Looks to me like ever' bone in his han' is bust."

"I didn't wanta," Lennie cried. "I didn't wanta hurt him."

Slim said, "Carlson, you get the candy wagon hitched up. We'll take 'um into Soledad an' get 'um fixed up." Carlson hurried out. Slim turned to the whimpering Lennie. "It ain't your fault," he said. "This punk sure had it comin' to him. But—Jesus! He ain't hardly got no han' left." Slim hurried out, and in a moment returned with a tin cup of water. He held it to Curley's lips.

George said, "Slim, will we get canned now? We need the stake. Will Curley's old man can us now?"

Mais Lennie, terrifié, regardait s'écrouler le petit homme qu'il tenait. Le sang coulait sur la face de Lennie, un de ses yeux était écorché et fermé. George le gifla à plusieurs reprises, et Lennie tenait toujours le poing fermé, Curley, à ce moment-là, était blanc et tassé, et c'est à peine s'il se débattait. Il se contentait de crier, le poing perdu dans la patte de Lennie.

George hurlait sans cesse : « Lâche-lui la main, Lennie ! Lâche. Slim, viens m'aider pendant que le bougre a encore une main. »

Brusquement, Lennie lâcha sa proie. Il alla se tapir contre le mur. « Tu m'as dit de le faire, George », dit-il, misérable.

Assis par terre, Curley regardait avec étonnement sa main écrasée. Slim et Carlson se penchèrent sur lui. Puis Slim se redressa et regarda Lennie avec horreur. « Faut le mener au docteur, dit-il. Il me fait l'effet d'avoir tous les os en miettes.

— J'voulais pas, cria Lennie. J'voulais pas lui faire de mal. »

Slim dit : « Carlson, va atteler la charrette. On va aller le faire panser à Soledad. » Carlson sortit en hâte, Slim se tourna vers Lennie qui larmoyait. « C'est pas de ta faute, dit-il. Ça lui pendait au nez depuis longtemps, à ce salaud-là. Mais… nom de Dieu, il n'a plus de main, pour ainsi dire. » Slim sortit rapidement et revint avec un peu d'eau dans une tasse en fer. Il la porta aux lèvres de Curley.

George dit : « Slim, est-ce qu'on va nous foutre à la porte ? On a besoin d'argent. Est-ce que le père à Curley va nous foutre à la porte ? »

Slim smiled wryly. He knelt down beside Curley. "You got your senses in hand enough to listen?" he asked. Curley nodded. "Well, then listen," Slim went on. "I think you got your han' caught in a machine. If you don't tell nobody what happened, we ain't going to. But you jus' tell an' try to get this guy canned and we'll tell ever'body, an' then will you get the laugh."

"I won't tell," said Curley. He avoided looking at Lennie.

Buggy wheels sounded outside. Slim helped Curley up. "Come on now. Carlson's gonna take you to a doctor." He helped Curley out the door. The sound of wheels drew away. In a moment Slim came back into the bunkhouse. He looked at Lennie, still crouched fearfully against the wall. "Le's see your hands," he asked.

Lennie stuck out his hands.

"Christ awmighty, I hate to have you mad at me," Slim said.

George broke in, "Lennie was jus' scairt," he explained. "He didn't know what to do. I told you nobody ought never to fight him. No, I guess it was Candy I told."

Candy nodded solemnly. "That's jus' what you done," he said. "Right this morning when Curley first lit intil your fren', you says, 'He better not fool with Lennie if he knows what's good for 'um.' That's jus' what you says to me."

Slim grimaça un sourire. Il s'agenouilla près de Curley. « T'as assez repris tes sens maintenant pour écouter ? » demanda-t-il. Curley fit un signe affirmatif. « Alors, écoute, continua Slim, je crois que tu t'es fait prendre la main dans une machine. Si tu ne dis à personne ce qui est arrivé, nous ne le dirons pas. Mais si tu parles et si tu tâches de faire renvoyer ce gars, nous raconterons l'affaire à tout le monde, et alors, ce qu'on se paiera ta gueule !

— J'dirai rien », dit Curley. Il évitait de regarder Lennie.

Un bruit de roues se fit entendre au-dehors. Slim aida Curley à se lever. « Allons, viens, Carlson va t'emmener chez le docteur. » Il aida Curley à sortir. Le bruit de roues s'éloigna. Un moment après, Slim revint dans la chambre. Il regarda Lennie qui était toujours tapi peureusement contre le mur. « Fais voir tes mains », demanda-t-il.

Lennie tendit ses mains.

« Nom de Dieu, j'aimerais pas que tu te foutes en rogne après moi », ajouta Slim.

George intervint : « C'est simplement que Lennie a pris peur, expliqua-t-il. Il n'savait pas quoi faire. J'te l'avais bien dit qu'il n'fallait pas se battre avec lui. Non, j'crois que c'est à Candy que je l'avais dit. »

Candy approuva gravement. « C'est vrai, dit-il. Pas plus tard que ce matin, la première fois que Curley s'en est pris à ton ami, t'as dit : "Il fera aussi bien d'pas se frotter à Lennie s'il sait ce qui est bon pour sa santé." C'est ça exactement que tu m'as dit. »

George turned to Lennie. "It ain't your fault," he said. "You don't need to be scairt no more. You done jus' what I tol' you to. Maybe you better go in the washroom an' clean up your face. You look like hell."

Lennie smiled with his bruised mouth. "I didn't want no trouble," he said. He walked toward the door, but just before he came to it, he turned back. "George?"

"What you want?"

"I can still tend the rabbits, George?"

"Sure. You ain't done nothing wrong."

"I di'n't mean no harm, George."

"Well, get the hell out and wash your face."

George se tourna vers Lennie : « C'est pas de ta faute, dit-il. T'as plus besoin d'avoir peur. T'as fait juste ce que je t'avais dit de faire. Mais tu feras peut-être mieux d'aller te laver un peu la figure. T'as une sale gueule. »

Lennie sourit de sa bouche endolorie. « J'voulais pas d'embêtements », dit-il. Il s'achemina vers la porte, mais, au moment d'y arriver, il se retourna : « George ?

— Qu'est-ce que tu veux ?

— J'peux encore soigner les lapins, George ?

— Mais oui, t'as rien fait de mal.

— J'avais pas de mauvaise intention, George.

— Allons, fous le camp et va te laver la gueule. »

Crooks, the negro stable buck, had his bunk in the harness room; a little shed that leaned off the wall of the barn. On one side of the little room there was a square four-paned window, and on the other, a narrow plank door leading into the barn. Crooks' bunk was a long box filled with straw, on which his blankets were flung. On the wall by the window there were pegs on which hung broken harness in process of being mended; strips of new leather; and under the window itself a little bench for leather-working tools, curved knives and needles and balls of linen thread, and a small hand riveter. On pegs were also pieces of harness, a split collar with the horsehair stuffing sticking out, a broken hame, and a trace chain with its leather covering split. Crooks had his apple box over his bunk, and in it a range of medicine bottles, both for himself and for the horses. There were cans of saddle soap

Crooks, le palefrenier noir, logeait dans la sellerie, un petit hangar adossé au mur de l'écurie. D'un côté de la petite chambre, il y avait une fenêtre carrée à quatre vitres, et, de l'autre côté, une porte étroite qui donnait dans l'écurie. Le lit de Crooks consistait en une longue caisse remplie de paille, sur laquelle il étendait ses couvertures. Au mur, près de la fenêtre, il y avait des patères d'où pendaient des harnais brisés en réparation, des bandes de cuir neuf, et, sous la fenêtre même, un petit banc avec des outils de bourrelier, couteaux recourbés, aiguilles, pelotons de fil de lin, et un petit rivoir à main. Des pièces de harnachement pendaient aussi à des patères, un collier fendu, dont le rembourrage en crin s'échappait, une attelle cassée, et une rêne dont le revêtement de cuir avait craqué. Crooks avait sa caisse à pommes au-dessus de son lit, et il y conservait des rangées de médicaments, aussi bien pour lui que pour les chevaux. Il y avait des boîtes de savon

and a drippy can of tar with its paint brush sticking over the edge. And scattered about the floor were a number of personal possessions; for, being alone, Crooks could leave his things about, and being a stable buck and a cripple, he was more permanent than the other men, and he had accumulated more possessions than he could carry on his back.

Crooks possessed several pairs of shoes, a pair of rubber boots, a big alarm clock and a single-barreled shotgun. And he had books, too; a tattered dictionary and a mauled copy of the California civil code for 1905. There were battered magazines and a few dirty books on a special shelf over his bunk. A pair of large gold-rimmed spectacles hung from a nail on the wall above his bed.

This room was swept and fairly neat, for Crooks was a proud, aloof man. He kept his distance and demanded that other people keep theirs. His body was bent over to the left by his crooked spine, and his eyes lay deep in his head, and because of their depth seemed to glitter with intensity. His lean face was lined with deep black wrinkles, and he had thin, pain-tightened lips which were lighter than his face.

It was Saturday night. Through the open door that led into the barn came the sound of moving horses, of feet stirring, of teeth champing on hay, of the rattle of halter chains. In the stable buck's room a small electric globe threw a meager yellow light.

pour l'entretien des selles, et un pot de goudron dégouttant, du bord duquel dépassait le manche du pinceau. Un certain nombre d'objets personnels jonchaient le plancher ; car, vivant seul, Crooks pouvait laisser ses affaires traîner partout, et, étant palefrenier et infirme, il était plus permanent que les autres hommes, et il avait accumulé plus de choses qu'il n'aurait pu en porter sur son dos.

Crooks possédait plusieurs paires de souliers, une paire de bottes en caoutchouc, un gros réveille-matin et un fusil à un coup. Et il avait des livres également : un dictionnaire en loques, un exemplaire défraîchi du code civil californien de 1905, et quelques livres sales sur un rayon spécial au-dessus de son lit. Une paire de lunettes d'écaille pendait à un clou sur le mur, au-dessus du lit.

Cette chambre était balayée et assez propre, car Crooks était hautain et fier. Il gardait ses distances et entendait que les autres en fissent autant. Son corps penchait du côté gauche, à cause de sa colonne vertébrale déviée, et ses yeux enfoncés dans les orbites semblaient, en raison de leur profondeur, briller avec intensité. Son visage maigre était sillonné de profondes rides noires, et il avait des lèvres fines, douloureusement contractées, d'un ton plus clair que le reste de son visage.

C'était samedi soir. Par la porte ouverte qui donnait dans l'écurie, on entendait un bruit de chevaux qui s'agitaient, de pieds qui bougeaient, de dents broyant le foin, un ferraillement de licous. Dans la chambre du palefrenier, une petite lampe électrique jetait une maigre lueur jaune.

Crooks sat on his bunk. His shirt was out of his jeans in back. In one hand he held a bottle of liniment, and with the other he rubbed his spine. Now and then he poured a few drops of the liniment into his pink-palmed hand and reached up under his shirt to rub again. He flexed his muscles against his back and shivered.

Noiselessly Lennie appeared in the open doorway and stood there looking in, his big shoulders nearly filling the opening. For a moment Crooks did not see him, but on raising his eyes he stiffened and a scowl came on his face. His hand came out from under his shirt.

Lennie smiled helplessly in an attempt to make friends.

Crooks said sharply, "You got no right to come in my room. This here's my room. Nobody got any right in here but me."

Lennie gulped and his smile grew more fawning. "I ain't doing nothing," he said. "Just come to look at my puppy. And I seen your light," he explained.

"Well, I got a right to have a light. You go on get outta my room. I ain't wanted in the bunkhouse, and you ain't wanted in my room."

"Why ain't you wanted?" Lennie asked.

" 'Cause I'm black. They play cards

Crooks était assis sur son lit. Un pan de sa chemise sortait de son pantalon. D'une main, il tenait une bouteille de liniment et, de l'autre, il se frottait l'épine dorsale. De temps en temps, il versait quelques gouttes du liniment dans la paume rose de sa main, et il se remettait à frotter, la main haut fourrée sous sa chemise. Il contractait les muscles de son dos et tressaillait.

Sans bruit, Lennie apparut sur le seuil de la porte ouverte, et il resta là, debout, à regarder, ses larges épaules emplissant presque toute l'ouverture. Crooks fut un moment sans le voir, mais, levant les yeux, il se raidit et son visage prit une expression contrariée. Il retira sa main de dessous sa chemise.

Décontenancé, Lennie souriait, dans son désir de se montrer cordial.

Crooks dit sèchement : « T'as pas le droit de venir dans cette chambre. C'est ma chambre. Personne n'a le droit d'y venir, sauf moi. »

Lennie avala sa salive et accentua son sourire de bon chien. « J'fais rien, dit-il. J'suis juste venu voir mon chiot. Et j'ai vu qu'il y avait de la lumière », expliqua-t-il.

« Ben, j'ai bien le droit d'avoir de la lumière. Allons, sors de ma chambre. On n'veut pas de moi dans votre chambre, moi j'veux pas de vous dans la mienne.

— Pourquoi qu'on n'veut pas de toi ? demanda Lennie.

— Parce que je suis noir. Ils jouent aux cartes,

in there, but I can't play because I'm black. They say I stink. Well, I tell you, all of you stink to me."

Lennie flapped his big hands helplessly. "Ever'body went into town," he said. "Slim an' George an' ever'body. George says I gotta stay here an' not get in no trouble. I seen your light."

"Well, what do you want?"

"Nothing—I seen your light. I thought I could jus' come in an' set."

Crooks stared at Lennie, and he reached behind him and took down the spectacles and adjusted them over his pink ears and stared again. "I don't know what you're doin' in the barn anyway," he complained. "You ain't no skinner. They's no call for a bucker to come into the barn at all. You ain't no skinner. You ain't got nothing to do with the horses."

"The pup," Lennie repeated. "I come to see my pup."

"Well, go see your pup, then. Don't come in a place where you're not wanted."

Lennie lost his smile. He advanced a step into the room, then remembered and backed to the door again. "I looked at 'em a little. Slim says I ain't to pet 'em very much."

Crooks said, "Well, you been takin' 'em out of the nest all the time. I wonder the old lady don't move 'em someplace else."

"Oh, she don't care. She lets me." Lennie had moved into the room again.

là-bas, mais moi, j'peux pas jouer parce que je suis noir. Ils disent que je pue. Ben, j'peux te le dire, pour moi, c'est vous tous qui puez. »

Lennie, déconcerté, laissait pendre ses grosses mains. « Tout l'monde est allé en ville, dit-il. Slim, et George, et tout l'monde. George a dit qu'il fallait que je reste ici et que je fasse pas de bêtises. J'ai vu qu'il y avait de la lumière.

— Et après, qu'est-ce que tu veux ?

— Rien… J'ai vu de la lumière. J'ai pensé que je pouvais entrer m'asseoir une minute. »

Crooks dévisagea Lennie, et prit derrière lui les lunettes qu'il décrocha et ajusta sur ses oreilles roses. Puis il dévisagea Lennie de nouveau. « Et puis, j'sais pas ce que tu viens faire dans l'écurie, dit-il en manière de protestation. T'es pas roulier. Les débardeurs n'ont rien à voir à l'écurie. T'es pas roulier. T'as rien à faire avec les chevaux.

— Le chien, répéta Lennie. J'suis venu voir mon petit chien.

— Eh ben, va le voir ton chien. Ne viens pas là où qu'on ne veut pas de toi. »

Lennie perdit son sourire. Il fit un pas dans la chambre, puis, se rappelant, recula vers la porte. « J'les ai regardés un peu. Slim dit qu'il faut pas que j'les caresse trop. »

Crooks dit : « T'as passé ton temps à les sortir de leur caisse. Ça m'étonne que la mère n'les ait pas emportés ailleurs.

— Oh ! ça lui est égal. Elle me laisse faire. » Lennie s'était de nouveau avancé dans la chambre.

Crooks scowled, but Lennie's disarming smile defeated him. "Come on in and set a while," Crooks said. " 'Long as you won't get out and leave me alone, you might as well set down." His tone was a little more friendly. "All the boys gone into town, huh?"

"All but old Candy. He just sets in the bunkhouse sharpening his pencil and sharpening and figuring."

Crooks adjusted his glasses. "Figuring? What's Candy figuring about?"

Lennie almost shouted, " 'Bout the rabbits."

"You're nuts," said Crooks. "You're crazy as a wedge. What rabbits you talkin' about?"

"The rabbits we're gonna get, and I get to tend 'em, cut grass an' give 'em water, an' like that."

"Jus' nuts," said Crooks. "I don't blame the guy you travel with for keepin' you outta sight."

Lennie said quietly, "It ain't no lie. We're gonna do it. Gonna get a little place an' live on the fatta the lan'."

Crooks settled himself more comfortably on his bunk. "Set down," he invited. "Set down on the nail keg."

Lennie hunched down on the little barrel. "You think it's a lie," Lennie said. "But it ain't no lie. Ever' word's the truth, an' you can ast George."

Crooks put his dark chin into his pink palm. "You travel aroun' with George, don't ya?"

Crooks fronça les sourcils, mais le sourire désarmant de Lennie eut raison de lui. « Entre, et assois-toi un moment, dit Crooks. À ce qu'il paraît, t'as pas envie de me laisser tranquille, alors autant t'asseoir. » Sa voix se faisait plus cordiale. « Comme ça, tout le monde est parti en ville ?

— Tout le monde sauf le vieux Candy. Il est là-bas, dans la chambrée, à tailler son crayon, à tailler et à compter. »

Crooks consolida ses lunettes. « À compter ? Qu'est-ce qu'il compte, Candy ? »

Lennie cria presque : « Au sujet des lapins.

— T'es dingo, dit Crooks, fou à lier. Qu'est-ce que tu veux dire avec tes lapins ?

— Les lapins qu'on va avoir, et c'est moi qui les soignerai, j'couperai de l'herbe, j'leur donnerai de l'eau, des choses comme ça.

— Un vrai dingo, dit Crooks. J'comprends que le type avec qui tu voyages aime autant n'pas t'avoir près de lui. »

Lennie dit tranquillement : « C'est pas de la blague. On va l'avoir. On va avoir une petite ferme et on vivra comme des rentiers. »

Crooks s'installa plus confortablement sur son lit. « Assois-toi, proposa-t-il. Assois-toi sur le baril à clous. »

Lennie se tassa sur le petit baril. « Tu crois que c'est de la blague, dit Lennie. Mais c'est pas de la blague. Chaque mot est la vérité, t'as qu'à demander à George. »

Crooks mit son menton noir dans sa paume rose. « Tu voyages avec George, pas vrai ?

"Sure. Me an' him goes ever' place together."

Crooks continued. "Sometimes he talks, and you don't know what the hell he's talkin' about. Ain't that so?" He leaned forward, boring Lennie with his deep eyes. "Ain't that so?"

"Yeah... sometimes."

"Jus' talks on, an' you don't know what the hell it's all about?"

"Yeah... sometimes. But... not always."

Crooks leaned forward over the edge of the bunk. "I ain't a southern negro," he said. "I was born right here in California. My old man had a chicken ranch, 'bout ten acres. The white kids come to play at our place, an' sometimes I went to play with them, and some of them was pretty nice. My ol' man didn't like that. I never knew till long later why he didn't like that. But I know now." He hesitated, and when he spoke again his voice was softer. "There wasn't another colored family for miles around. And now there ain't a colored man on this ranch an' there's jus' one family in Soledad." He laughed. "If I say something, why it's just a nigger sayin' it."

Lennie asked, "How long you think it'll be before them pups will be old enough to pet?"

Crooks laughed again. "A guy can talk to you an' be sure you won't go blabbin'. Couple of weeks an' them pups'll be all right. George knows what he's about. Jus' talks, an' you don't understand nothing." He leaned

— Pour sûr, dit Lennie. Nous deux, on va partout ensemble.

— Des fois il parle, continua Crooks, et tu n'comprends rien à ce qu'il raconte. C'est pas vrai ? » Il se pencha, scrutant Lennie de ses yeux profonds. « C'est pas vrai ?

— Ouais… des fois.

— Et il continue à causer et tu n'comprends rien à ce qu'il raconte ?

— Ouais… des fois. Mais… pas toujours. »

Crooks se pencha sur le bord du lit. « J'suis pas un nègre du Sud, dit-il. J'suis né ici même, en Californie. Mon père élevait des volailles. Il avait environ cinq hectares. Les gosses des Blancs venaient jouer chez nous, et il y en avait qui étaient assez gentils. Mon père n'aimait pas ça. C'est que bien plus tard que j'ai compris pourquoi qu'il n'aimait pas ça. Mais, maintenant, je sais. » Il hésita et, quand il se remit à parler, sa voix était plus douce. « Y avait pas une famille noire à plusieurs milles à la ronde. Et maintenant, y a pas un seul Noir dans ce ranch, et il n'y a qu'une famille à Soledad. » Il se mit à rire. « Si je dis quelque chose, ben, c'est juste un nègre qui parle. »

Lennie demanda : « Combien que tu crois qu'il faudra de temps avant que je puisse caresser ces petits chiens ? »

Crooks se remit à rire : « On peut te parler, on est sûr que t'iras pas répéter ce qu'on t'a dit. Dans une quinzaine, ces petits chiens seront assez grands. George sait ce qu'il raconte. Il parle, et toi, tu n'comprends pas un mot. » Il se pencha,

forward excitedly. "This is just a nigger talkin', an' a busted-back nigger. So it don't mean nothing, see? You couldn't remember it anyways. I seen it over an' over—a guy talkin' to another guy and it don't make no difference if he don't hear or understand. The thing is, they're talkin', or they're settin' still not talkin'. It don't make no difference, no difference." His excitement had increased until he pounded his knee with his hand. "George can tell you screwy things, and it don't matter. It's just the talking. It's just bein' with another guy. That's all." He paused.

His voice grew soft and persuasive. "S'pose George don't come back no more. S'pose he took a powder and just ain't coming back. What'll you do then?"

Lennie's attention came gradually to what had been said. "What?" he demanded.

"I said s'pose George went into town tonight and you never heard of him no more." Crooks pressed forward some kind of private victory. "Just s'pose that," he repeated.

"He won't do it," Lennie cried. "George wouldn't do nothing like that. I been with George a long time. He'll come back tonight——" But the doubt was too much for him. "Don't you think he will?"

Crooks' face lighted with pleasure in his torture. "Nobody can't tell what a guy'll do," he observed calmly.

très animé : « C'est pas autre chose qu'un nègre qui parle, et un nègre qu'a le dos cassé. Donc ça ne veut rien dire, tu comprends ? De toute façon, tu te rappellerais pas. C'est pas une fois que j'ai vu ça, mais mille… un type qui parle avec un autre, et puis, ça n'a pas d'importance s'il n'entend pas ou s'il ne comprend pas. L'important c'est de parler, ou bien de rester tranquille, sans parler. Peu importe, peu importe. » Son agitation avait augmenté, et maintenant, il se martelait le genou avec sa main. « George peut te dire un tas de conneries, et ça n'a pas d'importance. Ce qui compte, c'est parler. C'est être avec un autre. Voilà tout. » Il s'arrêta.

Sa voix se fit douce, persuasive. « Suppose que George ne revienne pas. Suppose qu'il foute le camp et qu'il n'revienne pas. Qu'est-ce que tu ferais ? »

Lennie, peu à peu, faisait attention à ce que l'autre lui disait. « Quoi ? dit-il.

— Je dis, suppose que George est allé en ville ce soir et que t'entendes plus jamais parler de lui. » Crooks poussait une sorte de victoire personnelle. « Imagine ça, simplement, répéta-t-il.

— Il ne fera pas ça, s'écria Lennie. George ne ferait pas une chose pareille. Y a longtemps que je vis avec George. Il reviendra cette nuit… » Mais le doute était trop fort pour lui. « Tu n'crois pas qu'il reviendra ? »

Le visage de Crooks s'illuminait au plaisir qu'il éprouvait à torturer. « On n'peut jamais savoir ce qu'un type peut faire, observa-t-il calmement.

"Le's say he wants to come back and can't. S'pose he gets killed or hurt so he can't come back."

Lennie struggled to understand. "George won't do nothing like that," he repeated. "George is careful. He won't get hurt. He ain't never been hurt, 'cause he's careful."

"Well s'pose, jus' s'pose he don't come back. What'll you do then?"

Lennie's face wrinkled with apprehension. "I don' know. Say, what you doin' anyways?" he cried. "This ain't true. George ain't got hurt."

Crooks bored in on him. "Want me ta tell ya what'll happen? They'll take ya to the booby hatch. They'll tie ya up with a collar, like a dog."

Suddenly Lennie's eyes centered and grew quiet, and mad. He stood up and walked dangerously toward Crooks. "Who hurt George?" he demanded.

Crooks saw the danger as it approached him. He edged back on his bunk to get out of the way. "I was just supposin'," he said. "George ain't hurt. He's all right. He'll be back all right."

Lennie stood over him. "What you supposin' for? Ain't nobody goin' to suppose no hurt to George."

Crooks removed his glasses and wiped his eyes with his fingers. "Jus' set down," he said. "George ain't hurt."

Disons qu'il veuille revenir et qu'il ne puisse pas. Suppose qu'il soit tué, ou blessé, et qu'il ne puisse pas revenir. »

Lennie s'efforçait de comprendre. « George ne ferait pas une chose pareille, répéta-t-il. George est prudent. Il s'fera pas blesser. Il ne s'est jamais blessé, parce qu'il est prudent.

— Enfin, une supposition, une supposition qu'il n'revienne pas, qu'est-ce que tu ferais ? »

Le visage de Lennie se contracta sous l'appréhension. « J'sais pas. Et puis, au fait, qu'est-ce que t'as dans l'idée ? s'écria-t-il. Ce n'est pas vrai. George n'est pas blessé. »

Crooks insistait. « Tu veux que je te dise ce qui arriverait ? On t'emmènerait à l'asile des dingos. Et là, on t'attacherait avec un collier, comme un chien. »

Soudain, les yeux de Lennie se fixèrent avec une expression de rage froide. Il se leva et avança dangereusement vers Crooks. « Qui est-ce qui a fait du mal à George ? » demanda-t-il.

Crooks vit s'approcher le danger. Il se recula sur son lit pour s'écarter. « Je supposais, simplement, dit-il. George n'a pas de mal. Il va très bien. Il va revenir, bien sûr. »

Lennie était au-dessus de lui. « Pourquoi que tu supposais ? J'veux pas que personne suppose que George puisse avoir du mal. »

Crooks enleva ses lunettes et s'essuya les yeux avec ses doigts. « Assois-toi, dit-il. George n'a pas de mal. »

Lennie growled back to his seat on the nail keg. "Ain't nobody goin' to talk no hurt to George," he grumbled.

Crooks said gently, "Maybe you can see now. You got George. You *know* he's goin' to come back. S'pose you didn't have nobody. S'pose you couldn't go into the bunkhouse and play rummy 'cause you was black. How'd you like that? S'pose you had to sit out here an' read books. Sure you could play horseshoes till it got dark, but then you got to read books. Books ain't no good. A guy needs somebody—to be near him." He whined, "A guy goes nuts if he ain't got nobody. Don't make no difference who the guy is, long's he's with you. I tell ya," he cried, "I tell ya a guy gets too lonely an' he gets sick."

"George gonna come back," Lennie reassured himself in a frightened voice. "Maybe George come back already. Maybe I better go see."

Crooks said, "I didn't mean to scare you. He'll come back. I was talkin' about myself. A guy sets alone out here at night, maybe readin' books or thinkin' or stuff like that. Sometimes he gets thinkin', an' he got nothing to tell him what's so an' what ain't so. Maybe if he sees somethin', he don't know whether it's right or not. He can't turn to some other guy and ast him if he sees it too. He can't tell.

Lennie retourna s'asseoir sur son baril, en grondant. « J'veux pas qu'on parle de faire du mal à George », grommela-t-il.

Crooks dit doucement : « Maintenant, tu comprendras peut-être. Toi t'as George. Tu *sais* qu'il va revenir. Suppose que t'aies personne. Suppose que tu n'puisses pas aller dans une chambre jouer aux cartes parce que t'es un nègre. Comment tu le prendrais ? Suppose que tu sois obligé de rester assis ici, à lire des livres. Bien sûr, tu pourrais jouer avec des fers à cheval jusqu'à la nuit, mais après, faudrait que tu rentres lire tes livres. Les livres, c'est bon à rien. Ce qu'il faut à un homme, c'est quelqu'un... quelqu'un près de lui, gémit-il. Ça rend fou d'avoir personne. Peu importe qui on a, tant qu'on a quelqu'un, cria-t-il. J'vas te dire, quand un type est trop seul, il en devient malade.

— George va revenir, dit Lennie d'une voix effrayée, pour se rassurer. Peut-être bien que George est déjà revenu. Je ferais peut-être mieux d'aller voir. »

Crooks dit : « J'voulais pas te faire peur. Il reviendra. C'est de moi que je parlais. Imagine un type ici, tout seul, la nuit, à lire des livres peut-être bien, ou à penser, ou quelque chose comme ça. Des fois, il se met à penser et il n'a personne pour lui dire si c'est comme ça ou si c'est pas comme ça. Peut-être que s'il voit quelque chose il n'sait pas si c'est vrai ou non. Il ne peut pas se tourner vers un autre pour lui demander s'il le voit aussi. Il n'peut pas savoir.

He got nothing to measure by. I seen things out here. I wasn't drunk. I don't know if I was asleep. If some guy was with me, he could tell me I was asleep, an' then it would be all right. But I jus' don't know." Crooks was looking across the room now, looking toward the window.

Lennie said miserably, "George wun't go away and leave me. I know George wun't do that."

The stable buck went on dreamily, "I remember when I was a little kid on my old man's chicken ranch. Had two brothers. They was always near me, always there. Used to sleep right in the same room, right in the same bed—all three. Had a strawberry patch. Had an alfalfa patch. Used to turn the chickens out in the alfalfa on a sunny morning. My brothers'd set on a fence rail an' watch 'em—white chickens they was."

Gradually Lennie's interest came around to what was being said. "George says we're gonna have alfalfa for the rabbits."

"What rabbits?"

"We're gonna have rabbits an' a berry patch."

"You're nuts."

"We are too. You ast George."

"You're nuts." Crooks was scornful. "I seen hunderds of men come by on the road an' on the ranches, with their bindles on their back an' that same damn thing in their heads. Hunderds of them. They come, an' they quit

Il a rien pour mesurer. J'ai vu des choses ici. J'étais pas soûl. J'sais pas si je dormais. Si j'avais eu quelqu'un avec moi, il aurait pu me dire si je dormais, et alors je n'y penserais plus. Mais j'sais pas. » Crooks regardait maintenant à l'autre bout de la chambre, vers la fenêtre.

Lennie dit, lamentablement : « George ne s'en ira pas, il ne me laissera pas seul. J'sais bien que George n'ferait pas une chose pareille. »

Le palefrenier continua rêveusement : « Je m'rappelle quand j'étais gosse, dans la ferme à volailles de mon père. J'avais deux frères. Ils étaient toujours avec moi, toujours là. On dormait dans la même chambre, dans le même lit… tous les trois. On avait un carré de fraisiers, un coin de luzerne. Quand il y avait du soleil, le matin, on lâchait les poulets dans la luzerne. Mes frères plantaient un grillage autour et les regardaient… blancs qu'ils étaient, les poulets. »

Peu à peu, Lennie s'intéressait à ce qu'il entendait. « George a dit qu'on aurait de la luzerne pour les lapins.

— Quels lapins ?

— On aura des lapins et un carré de fraisiers.

— T'es dingo.

— Pas du tout, c'est vrai. Tu demanderas à George.

— T'es dingo, dit Crooks, méprisant. J'ai vu des centaines d'hommes passer sur les routes et dans les ranches, avec leur balluchon sur le dos et les mêmes bobards dans la tête. J'en ai vu des centaines. Ils viennent, et, le travail fini,

an' go on; an' every damn one of 'em's got a little piece of land in his head. An' never a God damn one of 'em ever gets it. Just like heaven. Ever'body wants a little piece of lan'. I read plenty of books out here. Nobody never gets to heaven, and nobody gets no land. It's just in their head. They're all the time talkin' about it, but it's jus' in their head." He paused and looked toward the open door, for the horses were moving restlessly and the halter chains clinked. A horse whinnied. "I guess somebody's out there," Crooks said. "Maybe Slim. Slim comes in sometimes two, three times a night. Slim's a real skinner. He looks out for his team." He pulled himself painfully upright and moved toward the door. "That you, Slim?" he called.

Candy's voice answered. "Slim went in town. Say, you seen Lennie?"

"Ya mean the big guy?"

"Yeah. Seen him around any place?"

"He's in here," Crooks said shortly. He went back to his bunk and lay down.

Candy stood in the doorway scratching his bald wrist and looking blindly into the lighted room. He made no attempt to enter. "Tell ya what, Lennie. I been figuring out about them rabbits."

Crooks said irritably, "You can come in if you want."

Candy seemed embarrassed. "I do' know. 'Course, if ya want me to."

"Come on in. If everybody's comin' in, you

ils s'en vont ; et chacun d'eux a son petit lopin de terre dans la tête. Mais y en a pas un qu'est foutu de le trouver. C'est comme le paradis. Tout le monde veut un petit bout de terrain. Je lis des tas de livres ici. Personne n'va jamais au ciel, et personne n'arrive jamais à avoir de la terre. C'est tout dans leur tête. Ils passent leur temps à en parler, mais c'est tout dans leur tête. » Il s'arrêta et regarda vers la porte ouverte, car les chevaux s'agitaient, inquiets, et les licous cliquetaient. Un cheval hennit. « J'parie qu'il y a quelqu'un là-bas, dit Crooks. Peut-être bien Slim. Des fois, Slim vient deux ou trois fois par nuit. C'est un vrai roulier, Slim. Il s'préoccupe de ses bêtes. » Il se mit péniblement debout, et s'approcha de la porte. « C'est toi, Slim ? » cria-t-il.

La voix de Candy répondit : « Slim est allé en ville. Dis, t'as pas vu Lennie ?

— Le grand type tu veux dire ?

— Ouais, tu l'as pas vu par là ?

— Il est ici », dit Crooks brièvement. Il revint se coucher sur son lit.

Candy se tenait sur le pas de la porte et grattait son moignon, et il parcourait la chambre de ses yeux qu'aveuglait la lumière. Il n'essayait pas d'entrer. « J'vas te dire, Lennie. J'ai calculé au sujet de ces lapins. »

Crooks dit, irrité : « Tu peux entrer si tu veux. »

Candy semblait embarrassé. « J'sais pas. Naturellement, si tu veux que j'entre.

— Entre donc. Si tout le monde entre, tu

might just as well." It was difficult for Crooks to conceal his pleasure with anger.

Candy came in, but he was still embarrassed. "You got a nice cozy little place in here," he said to Crooks. "Must be nice to have a room all to yourself this way."

"Sure," said Crooks. "And a manure pile under the window. Sure, it's swell."

Lennie broke in, "You said about them rabbits."

Candy leaned against the wall beside the broken collar while he scratched the wrist stump. "I been here a long time," he said. "An' Crooks been here a long time. This's the first time I ever been in his room."

Crooks said darkly, "Guys don't come into a colored man's room very much. Nobody been here but Slim. Slim an' the boss."

Candy quickly changed the subject. "Slim's as good a skinner as I ever seen."

Lennie leaned toward the old swamper. "About them rabbits," he insisted.

Candy smiled. "I got it figured out. We can make some money on them rabbits if we go about it right."

"But I get to tend 'em," Lennie broke in. "George says I get to tend 'em. He promised."

Crooks interrupted brutally. "You guys is just kiddin' yourself. You'll talk about it a hell of a lot, but you won't get no land. You'll be a swamper here

peux bien faire comme les autres. » Crooks parvenait mal à dissimuler son plaisir derrière de la colère.

Candy entra, mais il était toujours embarrassé. « C'est bien confortable ici, dit-il à Crooks. Ça doit être plaisant d'avoir une chambre comme ça, pour soi tout seul.

— Pour sûr, dit Crooks, et avec un tas de fumier sous la fenêtre. Sûr que c'est plaisant. »

Lennie interrompit : « T'as dit au sujet des lapins ? »

Candy s'appuya au mur, près du collier cassé, et gratta son poignet mutilé. « Y a longtemps que j'habite ici, dit-il. Et il y a longtemps que Crooks habite ici. C'est la première fois que je vois sa chambre. »

Crooks dit sombrement : « Les gars aiment pas beaucoup venir dans la chambre d'un Noir. Y a que Slim qu'est venu ici. Slim et le patron. »

Candy changea rapidement de sujet. « Slim est un roulier comme y en a pas deux. »

Lennie se pencha vers le vieux. « Alors, et les lapins ? » insista-t-il.

Candy sourit : « J'ai tout calculé. On pourra faire de l'argent avec ces lapins si on sait s'y prendre.

— Mais c'est moi qui les soignerai, interrompit Lennie. George a dit que c'est moi qui les soignerai. Il a promis. »

Crooks lui coupa brutalement la parole. « Vous vous bourrez le crâne, les gars. Vous passez votre temps à en parler, mais vous ne l'aurez jamais, vot' terre. Tu resteras ici comme homme

till they take you out in a box. Hell, I seen too many guys. Lennie here'll quit an' be on the road in two, three weeks. Seems like ever' guy got land in his head."

Candy rubbed his cheek angrily. "You God damn right we're gonna do it. George says we are. We got the money right now."

"Yeah?" said Crooks. "An' where's George now? In town in a whore house. That's where your money's goin'. Jesus, I seen it happen too many times. I seen too many guys with land in their head. They never get none under their hand."

Candy cried, "Sure they all want it. Everybody wants a little bit of land, not much. Jus' somethin' that was his. Somethin' he could live on and there couldn't nobody throw him off of it. I never had none. I planted crops for damn near ever'body in this state, but they wasn't my crops, and when I harvested 'em, it wasn't none of my harvest. But we gonna do it now, and don't make no mistake about that. George ain't got the money in town. That money's in the bank. Me an' Lennie an' George. We gonna have a room to ourself. We're gonna have a dog an' rabbits an' chickens. We're gonna have green corn an' maybe a cow or a goat." He stopped, overwhelmed with his picture.

Crooks asked, "You say you got the money?"

de corvée jusqu'à ce qu'on t'en sorte dans une boîte. Bon Dieu, j'en ai vu trop, des types comme vous. Lennie, là, il quittera le travail, et, dans deux ou trois semaines, il se retrouvera sur les routes. À ce qu'on dirait, tout le monde a un coin de terre dans la tête. »

Candy se frottait la joue avec colère. « Pour sûr, nom de Dieu, qu'on va le faire. George l'a dit. Nous avons déjà l'argent.

— Ah ouais ? dit Crooks. Et où est-il, George, en ce moment ? En ville, dans quelque bordel. C'est là qu'il s'en va vot' argent. Bon Dieu, j'ai vu ça arriver tant de fois. J'ai vu trop de gars avec de la terre dans la tête. Ils n'en trouvent jamais sous leur main. »

Candy s'écria : « Sûr que tout le monde en veut. Tout le monde veut un lopin de terre, pas beaucoup. Quelque chose qui est à vous, simplement. Quelque chose où qu'on peut vivre et d'où personne n'peut vous faire partir. J'en ai jamais eu. J'ai fait des récoltes pour tous les habitants de cet État, autant dire, mais c'étaient pas mes récoltes, et quand je les coupais, c'était pas ma moisson. Mais maintenant, nous allons le faire. George n'a pas l'argent sur lui. Cet argent est à la banque. Moi, et Lennie, et George. Nous aurons une chambre à nous. Nous aurons un chien, et des lapins et des poulets. Nous aurons du maïs vert, et peut-être bien une vache aussi, ou une chèvre. » Il s'arrêta, débordé par son tableau.

Crooks demanda : « Tu dis que vous avez l'argent ?

"Damn right. We got most of it. Just a little bit more to get. Have it all in one month. George got the land all picked out, too."

Crooks reached around and explored his spine with his hand. "I never seen a guy really do it," he said. "I seen guys nearly crazy with loneliness for land, but ever' time a whore house or a blackjack game took what it takes." He hesitated. "… If you… guys would want a hand to work for nothing—just his keep, why I'd come an' lend a hand. I ain't so crippled I can't work like a son-of-a-bitch if I want to."

"Any you boys seen Curley?"

They swung their heads toward the door. Looking in was Curley's wife. Her face was heavily made up. Her lips were slightly parted. She breathed strongly, as though she had been running.

"Curley ain't been here," Candy said sourly.

She stood still in the doorway, smiling a little at them, rubbing the nails of one hand with the thumb and forefinger of the other. And her eyes traveled from one face to another. "They left all the weak ones here," she said finally. "Think I don't know where they all went? Even Curley. I know where they all went."

Lennie watched her, fascinated; but Candy and

— Comme tu le dis. La plus grande partie. Il ne nous en manque qu'un petit peu. On l'aura dans un mois. George a déjà choisi la terre. »

Crooks tordit le bras et s'explora l'épine dorsale avec la main. « J'ai jamais vu personne le faire, dit-il. J'ai connu des gars qu'étaient moitié fous de l'envie d'avoir une terre, mais, chaque fois, un bordel ou une partie de vingt-et-un leur prenaient ce qu'il leur fallait. » Il hésita : « Si des fois… vous autres, vous aviez besoin de quelqu'un qui travaillerait pour rien, juste au pair, ben, j'irais vous donner un coup de main. J'suis pas infirme au point d'pas pouvoir travailler comme une brute si je veux.

— Dites, les gars, vous auriez pas vu Curley, l'un de vous ? »

Ils tournèrent la tête vers la porte. La femme de Curley les regardait. Elle était fortement maquillée. Ses lèvres s'entrouvraient légèrement. Elle haletait comme si elle avait couru.

« Curley n'est point venu ici », dit Candy hargneusement.

Elle était toujours sur le seuil, leur souriant un peu, se frottant les ongles d'une main avec le pouce et l'index de l'autre. Et ses yeux se posaient successivement sur chacun d'eux. « Ils ont laissé ici tous ceux qu'étaient pas forts, dit-elle enfin. Vous vous figurez que j'sais pas où ils sont allés. Même Curley, je sais où ils sont allés tous. »

Lennie la regardait, fasciné, mais Candy et

Crooks were scowling down away from her eyes. Candy said, "Then if you know, why you want to ast us where Curley is at?"

She regarded them amusedly. "Funny thing," she said. "If I catch any one man, and he's alone, I get along fine with him. But just let two of the guys get together an' you won't talk. Jus' nothing but mad." She dropped her fingers and put her hands on her hips. "You're all scared of each other, that's what. Ever' one of you's scared the rest is goin' to get something on you."

After a pause Crooks said, "Maybe you better go along to your own house now. We don't want no trouble."

"Well, I ain't giving you no trouble. Think I don't like to talk to somebody ever' once in a while? Think I like to stick in that house alla time?"

Candy laid the stump of his wrist on his knee and rubbed it gently with his hand. He said accusingly, "You gotta husban'. You got no call foolin' aroun' with other guys, causin' trouble."

The girl flared up. "Sure I gotta husban'. You all seen him. Swell guy, ain't he? Spends all his time sayin' what he's gonna do to guys he don't like, and he don't like nobody. Think I'm gonna stay in

Crooks, mécontents, évitaient de rencontrer ses regards. Candy dit : « Alors, si vous savez, pourquoi c'est-il que vous venez nous demander où qu'est Curley ? »

Elle les regarda, amusée : « C'est drôle, dit-elle, quand je trouve un homme et qu'il est seul, j'm'entends toujours avec lui. Mais, sitôt que vous êtes deux ensemble, on n'peut pas vous tirer une parole. Vous vous contentez de vous foutre en rogne. » Elle cessa de s'occuper de ses doigts et mit ses mains sur ses hanches. « Vous avez tous peur les uns des autres, c'est pas autre chose. Vous avez tous peur que les autres aient quelque chose à raconter sur votre compte. »

Au bout d'un instant, Crooks dit : « Vous feriez peut-être mieux de rentrer chez vous. On n'veut pas avoir d'ennuis ici.

— Oh ! C'est pas moi qui vous ferai des ennuis. Vous croyez que j'aime pas causer à quelqu'un de temps en temps ? Vous croyez que j'm'amuse à rester toute la journée dans cette maison ? »

Candy posa son moignon sur son genou et le frotta doucement avec sa main. Il dit d'un ton de reproche : « Vous avez un mari. Vous avez aucune raison d'aller tourner autour des hommes, pour qu'on ait des histoires. »

La femme s'emporta : « Sûr que j'ai un mari. Vous l'avez tous vu. Un type extra, hein ? Passe son temps à annoncer ce qu'il va faire aux gars qu'il n'aime pas, et il n'aime personne. Vous vous figurez que je vais rester dans

that two-by-four house and listen how Curley's gonna lead with his left twict, and then bring in the ol' right cross? 'One-two' he says. 'Jus' the ol' one-two an' he'll go down.'" She paused and her face lost its sullenness and grew interested. "Say—what happened to Curley's han'?"

There was an embarrassed silence. Candy stole a look at Lennie. Then he coughed. "Why... Curley... he got his han' caught in a machine, ma'am. Bust his han'."

She watched for a moment, and then she laughed. "Baloney! What you think you're sellin' me? Curley started som'pin' he didn' finish. Caught in a machine—baloney! Why, he ain't give nobody the good ol' one-two since he got his han' bust. Who bust him?"

Candy repeated sullenly, "Got it caught in a machine."

"Awright," she said contemptuously. "Awright, cover 'im up if ya wanta. Whatta I care? You bindle bums think you're so damn good. Whatta ya think I am, a kid? I tell ya I could of went with shows. Not jus' one, neither. An' a guy tol' me he could put me in pitchers..." She was breathless with indignation. "—Sat'day night. Ever'body out doin' som'pin'. Ever'body! An' what am I doin'? Standin' here talkin' to

cette maison de quatre sous à écouter comment Curley attaque du bras gauche et puis amène ce vieux coup droit ? “Un, deux, qu'il dit, ce vieux un-deux, et v'là le type sur le dos.” » Elle s'arrêta, et son visage, perdant son expression furieuse, manifesta de l'intérêt. « À propos… qu'est-ce qui est arrivé à la main de Curley ? »

Il y eut un silence embarrassé. Candy coula un regard vers Lennie. Puis il toussa. « Ben… Curley… il s'est fait prendre la main dans une machine, m'dame. Il s'est écrasé la main. »

Elle l'observa un moment puis éclata de rire : « Des blagues ! Faut pas essayer de m'empiler. Curley a commencé quelque chose qu'il n'a pas pu finir. Pris dans une machine… des blagues ! En tout cas, depuis qu'il s'est fait écraser la main, il n'a plus donné le bon vieux un-deux à personne. Qui c'est-il qui l'a amoché ? »

Candy répéta sourdement : « Il se l'est fait prendre dans une machine.

— Ça va, dit-elle dédaigneusement, ça va. Défendez-le si ça vous fait plaisir. Qu'est-ce que vous voulez que ça me foute ? Regardez-moi ce tas de clochards, et ça se croit supérieur. Qu'est-ce que vous croyez que je suis, une môme ? Je vous le dis, j'aurais pu faire du théâtre si j'avais voulu. Et pas que dans un seul. Et un type m'a dit qu'il pourrait me faire faire du cinéma… » Elle suffoquait d'indignation : « Le samedi soir, tout l'monde fait quelque chose. Tout le monde ! Et moi, qu'est-ce que je fais ? J'suis là à causer avec

a bunch of bindle stiffs—a nigger an' a dum-dum and a lousy ol' sheep—an' likin' it because they ain't nobody else."

Lennie watched her, his mouth half open. Crooks had retired into the terrible protective dignity of the negro. But a change came over old Candy. He stood up suddenly and knocked his nail keg over backward. "I had enough," he said angrily. "You ain't wanted here. We told you you ain't. An' I tell ya, you got floozy idears about what us guys amounts to. You ain't got sense enough in that chicken head to even see that we ain't stiffs. S'pose you get us canned. S'pose you do. You think we'll hit the highway an' look for another lousy two-bit job like this. You don't know that we got our own ranch to go to, an' our own house. We ain't got to stay here. We gotta house and chickens an' fruit trees an' a place a hunderd time prettier than this. An' we got fren's, that's what we got. Maybe there was a time when we was scared of gettin' canned, but we ain't no more. We got our own lan', and it's ours, an' we c'n go to it."

Curley's wife laughed at him. "Baloney," she said. "I seen too many you guys. If you had two bits in the worl', why you'd be in gettin' two shots of corn with it and suckin' the bottom of the glass. I know you guys."

un tas de clochards… un nègre, un piqué, et un vieux pouilleux de berger… et le comble, c'est que ça me plaît, parce qu'il n'y a personne d'autre. »

Lennie la regardait, bouche bée. Crooks s'était abrité derrière cette terrible dignité protectrice des Noirs. Mais le vieux Candy se transforma. Il se leva soudain et renversa son baril de clous. « En v'là assez, dit-il furieux. On veut pas de vous ici. On vous l'a déjà dit. Et j'vous avertis, vous vous foutez dedans en ce qui nous concerne. Vous avez pas assez de sens dans votre petite cervelle de poulet pour voir qu'on est pas des clochards. Une supposition que vous nous fassiez foutre à la porte. Une supposition. Vous vous figurez qu'on va aller courir les routes à la recherche d'une autre sacrée place comme ça, à vingt-cinq *cents* ? Vous n'savez pas que nous avons not' ranch à nous, où qu'on peut aller, et not' maison à nous. Nous sommes pas forcés de rester ici. Nous avons une maison, et des poulets, et des arbres fruitiers, et un ranch cent fois plus joli que celui-ci. Et on a des amis, c'est ça qu'on a. Y a peut-être bien eu un temps où qu'on avait peur de se faire foutre à la porte, mais c'est plus maintenant. Nous avons not' terre à nous, et elle nous appartient, et c'est là que nous pouvons aller. »

La femme de Curley lui rit au nez. « Des blagues, dit-elle. J'en ai connu des gars comme vous. Si vous aviez vingt ronds en poche, vous seriez en ville à vous payer deux coups de whiskey et à lécher le fond de vos verres. J'vous connais, les gars. »

Candy's face had grown redder and redder, but before she was done speaking, he had control of himself. He was the master of the situation. "I might of knew," he said gently. "Maybe you just better go along an' roll your hoop. We ain't got nothing to say to you at all. We know what we got, and we don't care whether you know it or not. So maybe you better jus' scatter along now, 'cause Curley maybe ain't gonna like his wife out in the barn with us 'bindle stiffs.'"

She looked from one face to another, and they were all closed against her. And she looked longest at Lennie, until he dropped his eyes in embarrassment. Suddenly she said, "Where'd you get them bruises on your face?"

Lennie looked up guiltily. "Who—me?"

"Yeah, you."

Lennie looked to Candy for help, and then he looked at his lap again. "He got his han' caught in a machine," he said.

Curley's wife laughed. "O.K., Machine. I'll talk to you later. I like machines."

Candy broke in. "You let this guy alone. Don't you do no messing aroun' with him. I'm gonna tell George what you says. George won't have you messin' with Lennie."

"Who's George?" she asked. "The little guy you come with?"

Candy devenait de plus en plus rouge, mais elle n'avait pas fini de parler qu'il était déjà parvenu à se dominer. Il était maître de la situation. « J'aurais dû savoir, dit-il doucement. Vous feriez peut-être mieux d'aller jouer au cerceau ailleurs. Nous n'avons absolument rien à vous dire. Nous savons ce que nous avons, et on s'fout que vous le sachiez ou non. Comme ça, vous feriez peut-être aussi bien de vous cavaler, parce que, des fois, Curley n'aimerait peut-être pas trouver sa femme dans l'écurie avec nous autres, "les clochards." »

Elle les dévisagea à tour de rôle et les vit tous hostiles. Et elle regarda Lennie plus longtemps que les deux autres jusqu'au moment où il baissa les yeux, embarrassé. Soudain, elle dit : « Qui est-ce qui vous a fait ces bleus sur la figure ? »

Lennie jeta sur elle un regard coupable. « Qui… moi ?

— Ouais, vous. »

Lennie, d'un coup d'œil, appela Candy à son secours, puis il se remit à contempler ses genoux. « Il s'est fait prendre la main dans une machine », dit-il.

La femme de Curley se mit à rire : « Ça va, Machine. J'te parlerai plus tard. Les machines, moi j'aime ça. »

Candy intervint : « Vous laisserez ce garçon tranquille. N'vous frottez pas à lui. Je répéterai à George ce que vous venez de dire. George n'vous laissera pas embêter Lennie.

— Qui est George ? demanda-t-elle, le petit type qui est venu avec toi ? »

Lennie smiled happily. “That’s him,” he said. “That’s the guy, an’ he’s gonna let me tend the rabbits.”

“Well, if that’s all you want, I might get a couple rabbits myself.”

Crooks stood up from his bunk and faced her. “I had enough,” he said coldly. “You got no rights comin’ in a colored man’s room. You got no rights messing around in here at all. Now you jus’ get out, an’ get out quick. If you don’t, I’m gonna ast the boss not to ever let you come in the barn no more.”

She turned on him in scorn. “Listen, nigger,” she said. “You know what I can do to you if you open your trap?”

Crooks stared hopelessly at her, and then he sat down on his bunk and drew into himself.

She closed on him. “You know what I could do?”

Crooks seemed to grow smaller, and he pressed himself against the wall. “Yes, ma’am.”

“Well, you keep your place then, nigger. I could get you strung up on a tree so easy it ain’t even funny.”

Crooks had reduced himself to nothing. There was no personality, no ego—nothing to arouse either like or dislike. He said, “Yes, ma’am,” and his voice was toneless.

For a moment she stood over him as though waiting for him to move so that she could whip at him again; but Crooks sat perfectly still, his eyes averted, everything that might be hurt drawn in. She turned at last to the other two.

Lennie eut un sourire heureux : « C'est ça, dit-il. C'est lui, et il me laissera soigner les lapins.

— Oh ! ben, si c'est ça que tu veux, j'pourrais m'en procurer moi-même des lapins. »

Crooks se leva de son lit et se planta devant elle. « En v'là assez, dit-il froidement. Vous n'avez pas le droit de venir dans la chambre d'un Noir. Vous n'avez aucun droit de venir tourner par ici. Vous allez foutre le camp, et vite. Sinon, j'demanderai au patron de n'plus vous laisser venir à l'écurie. »

Elle se tourna vers lui, méprisante. « Écoute, nègre, dit-elle, tu sais ce que je pourrais faire si t'ouvres ta sale gueule ? »

Crooks la regarda, éperdu, puis il s'assit sur son lit et se retira en lui-même.

Elle se rapprocha : « Tu sais ce que je pourrais faire ? »

Crooks semblait rapetisser et il se pressait contre le mur. « Oui, m'dame.

— Dans ce cas, tiens-toi à ta place, nègre. J'pourrais te faire pendre à une branche d'arbre si facilement que ça ne serait même pas rigolo. »

Crooks était réduit à rien. Il n'avait plus ni personnalité ni ego, rien qui pût éveiller ni sympathie ni antipathie. Il dit : « Oui, m'dame », d'une voix blanche.

Elle resta un moment penchée au-dessus de lui, attendant qu'il bougeât afin de pouvoir de nouveau le fustiger. Mais Crooks restait complètement immobile, les yeux détournés, mettant à couvert tout ce qui aurait pu être blessé. Elle finit par se retourner vers les deux autres.

Old Candy was watching her, fascinated. "If you was to do that, we'd tell," he said quietly. "We'd tell about you framin' Crooks."

"Tell an' be damned," she cried. "Nobody'd listen to you an' you know it. Nobody'd listen to you."

Candy subsided. "No..." he agreed. "Nobody'd listen to us."

Lennie whined, "I wisht George was here. I wisht George was here."

Candy stepped over to him. "Don't you worry none," he said. "I jus' heard the guys comin' in. George'll be in the bunkhouse right now, I bet." He turned to Curley's wife. "You better go home now," he said quietly. "If you go right now, we won't tell Curley you was here."

She appraised him coolly. "I ain't sure you heard nothing."

"Better not take no chances," he said. "If you ain't sure, you better take the safe way."

She turned to Lennie. "I'm glad you bust up Curley a little bit. He got it comin' to him. Sometimes I'd like to bust him myself." She slipped out the door and disappeared into the dark barn. And while she went through the barn, the halter chains rattled, and some horses snorted and some stamped their feet.

Crooks seemed to come slowly out of the layers of protection he had put on. "Was that the truth what you said about the guys come back?" he asked.

Le vieux Candy la regardait fasciné. « Si jamais vous faisiez ça, on parlerait, nous autres, dit-il calmement. On raconterait que c'était un coup monté contre Crooks.

— De belles foutaises, vos racontars, s'écria-t-elle. Personne ne vous écouterait, vous le savez bien. Personne ne vous écouterait. »

Candy céda. « Non…, admit-il, personne ne nous écouterait. »

Lennie gémit : « J'voudrais que George soit ici. J'voudrais que George soit ici. »

Candy s'approcha de lui : « T'en fais pas, dit-il, j'viens de les entendre rentrer. George va être au baraquement dans une minute, j'parie. » Il se retourna vers la femme de Curley. « Vous feriez mieux de rentrer, dit-il calmement, si vous partez tout de suite, on n'dira pas à Curley que vous êtes venue ici. »

Elle le toisa froidement : « J'suis pas tellement sûre que vous ayez entendu quelque chose.

— Vaut autant pas courir le risque, dit-il. Si vous êtes pas sûre, vaut mieux pas vous exposer. »

Elle se tourna vers Lennie : « J'suis contente que vous ayez un peu amoché Curley. Ça devait lui arriver. Y a des fois que j'aimerais bien l'amocher moi-même. » Elle s'éclipsa par la porte et disparut dans l'obscurité de l'écurie. Et, quand elle traversa l'écurie, les licous cliquetèrent, quelques chevaux s'ébrouèrent, d'autres piaffèrent.

Crooks sembla se dégager lentement des couches protectrices sous lesquelles il s'était abrité. « C'est vrai ce que t'as dit, que les types étaient de retour ? demanda-t-il.

"Sure. I heard 'em."

"Well, I didn't hear nothing."

"The gate banged," Candy said, and he went on, "Jesus Christ, Curley's wife can move quiet. I guess she had a lot of practice, though."

Crooks avoided the whole subject now. "Maybe you guys better go," he said. "I ain't sure I want you in here no more. A colored man got to have some rights even if he don't like 'em."

Candy said, "That bitch didn't oughtta of said that to you."

"It wasn't nothing," Crooks said dully. "You guys comin' in an' settin' made me forget. What she says is true."

The horses snorted out in the barn and the chains rang and a voice called, "Lennie. Oh, Lennie. You in the barn?"

"It's George," Lennie cried. And he answered, "Here, George. I'm right in here."

In a second George stood framed in the door, and he looked disapprovingly about. "What you doin' in Crooks' room. You hadn't oughtta be in here."

Crooks nodded. "I tol' 'em, but they come in anyways."

"Well, why'n't you kick 'em out?"

"I di'n't care much," said Crooks. "Lennie's a nice fella."

Now Candy aroused himself. "Oh,

— Pour sûr, j'les ai entendus.

— Moi, j'ai rien entendu.

— La grille a battu », dit Candy. Il continua : « Bon Dieu, elle peut s'défiler en vitesse, la femme à Curley. M'est avis qu'elle en a l'habitude. »

Mais Crooks, maintenant, évitait le sujet. « Vous feriez peut-être mieux de vous en aller, tous les deux, dit-il. J'sais plus trop si j'ai envie que vous restiez. Un Noir doit bien avoir quelques droits, quand bien même qu'ils n'sont pas de son goût. »

Candy dit : « Cette garce n'aurait pas dû te dire ça.

— Ça ne fait rien, dit Crooks sombrement. En venant vous asseoir ici, tous les deux, vous m'avez fait oublier. Ce qu'elle dit est vrai. »

Les chevaux s'ébrouèrent dans l'écurie et les chaînes tintèrent, et une voix appela : « Lennie, eh, Lennie ! T'es dans l'écurie ?

— C'est George », s'écria Lennie. Et il répondit : « Ici, George, j'suis ici. »

Une seconde après, George apparaissait dans l'encadrement de la porte, et jetait autour de lui un regard désapprobateur. « Qu'est-ce que tu fous dans la chambre de Crooks ? Tu devrais pas être là. »

Crooks approuva : « J'leur ai dit, mais ils sont entrés quand même.

— Pourquoi que tu les as pas foutus dehors ?

— J'y tenais pas, dit Crooks. Lennie est bon type. »

C'était Candy maintenant qui s'agitait : « Oh !

George! I been figurin' and figurin'. I got it doped out how we can even make some money on them rabbits."

George scowled. "I though I tol' you not to tell nobody about that."

Candy was crestfallen. "Didn't tell nobody but Crooks."

George said, "Well you guys get outta here. Jesus, seems like I can't go away for a minute."

Candy and Lennie stood up and went toward the door. Crooks called, "Candy!"

"Huh?"

" 'Member what I said about hoein' and doin' odd jobs?"

"Yeah," said Candy. "I remember."

"Well, jus' forget it," said Crooks. "I didn' mean it. Jus' foolin'. I wouldn' want to go no place like that."

"Well, O.K., if you feel like that. Good night."

The three men went out of the door. As they went through the barn the horses snorted and the halter chains rattled.

Crooks sat on his bunk and looked at the door for a moment, and then he reached for the liniment bottle. He pulled out his shirt in back, poured a little liniment in his pink palm and, reaching around, he fell slowly to rubbing his back.

George. J'ai calculé et calculé. J'ai tout prévu, même comment on pourrait gagner de l'argent avec les lapins. »

George gronda : « J'croyais t'avoir dit d'en parler à personne. »

Candy fut tout déconfit. « J'l'ai dit à personne, sauf à Crooks. »

George dit : « Enfin, foutez le camp de là, tous les deux. Bon Dieu, c'est à croire que j'peux pas m'éloigner une minute. »

Candy et Lennie se levèrent et se dirigèrent vers la porte. Crooks appela : « Candy !

— Hein ?

— Tu t'rappelles ce que j'ai dit, au sujet de piocher et des petits ouvrages ?

— Ouais, dit Candy, j'me rappelle.

— Ben, oublie-le, dit Crooks. J'en pensais pas un mot. C'était de la blague. J'aimerais pas habiter un endroit comme ça.

— Bon, entendu, si c'est ton sentiment. Bonne nuit. »

Les trois hommes sortirent. Quand ils traversèrent l'écurie, les chevaux s'ébrouèrent et les licous tintèrent.

Assis sur son lit, Crooks resta quelques minutes à regarder la porte, puis il leva la main pour atteindre son flacon de liniment. Il releva sa chemise par-derrière, versa un peu de liniment dans sa paume rose et, la passant derrière lui, il commença à se frotter l'épine dorsale.

One end of the great barn was piled high with new hay and over the pile hung the four-taloned Jackson fork suspended from its pulley. The hay came down like a mountain slope to the other end of the barn, and there was a level place as yet unfilled with the new crop. At the sides the feeding racks were visible, and between the slats the heads of horses could be seen.

It was Sunday afternoon. The resting horses nibbled the remaining wisps of hay, and they stamped their feet and they bit the wood of the mangers and rattled the halter chains. The afternoon sun sliced in through the cracks of the barn walls and lay in bright lines on the hay. There was the buzz of flies in the air, the lazy afternoon humming.

From outside came the clang of horseshoes on the playing peg and the shouts of men, playing, encouraging, jeering. But in the barn it was quiet and humming and lazy and warm.

À l'un des bouts de la vaste écurie, il y avait un gros tas de foin nouveau, et le tas était surmonté du grappin à quatre dents suspendu à sa poulie. Le foin s'abaissait vers l'autre bout de l'écurie comme le versant d'une montagne, et il y avait un espace vide en vue de la prochaine fenaison. De chaque côté, on pouvait voir les râteliers, et, entre les barreaux, les têtes des chevaux apparaissaient.

C'était dimanche après-midi. Les chevaux au repos mordillaient les quelques brindilles de foin qui restaient, et ils piaffaient, mordaient le bois des mangeoires et faisaient cliqueter leurs licous. Le soleil de l'après-midi filtrait à travers les fentes des murs et traçait des raies lumineuses sur le foin. L'air bourdonnait du vol des mouches, le bourdonnement paresseux de l'après-midi.

Au-dehors, on entendait le tintement des fers à cheval sur la fiche d'acier, et les cris des hommes qui jouaient, s'encourageaient, se moquaient. Mais, dans l'écurie, tout était calme, bourdonnant, paresseux et chaud.

Only Lennie was in the barn, and Lennie sat in the hay beside a packing case under a manger in the end of the barn that had not been filled with hay. Lennie sat in the hay and looked at a little dead puppy that lay in front of him. Lennie looked at it for a long time, and then he put out his huge hand and stroked it, stroked it clear from one end to the other.

And Lennie said softly to the puppy, "Why do you got to get killed? You ain't so little as mice. I didn't bounce you hard." He bent the pup's head up and looked in its face, and he said to it, "Now maybe George ain't gonna let me tend no rabbits, if he fin's out you got killed."

He scooped a little hollow and laid the puppy in it and covered it over with hay, out of sight; but he continued to stare at the mound he had made. He said, "This ain't no bad thing like I got to go hide in the brush. Oh! no. This ain't. I'll tell George I foun' it dead."

He unburied the puppy and inspected it, and he stroked it from ears to tail. He went on sorrowfully, "But he'll know. George always knows. He'll say, 'You done it. Don't try to put nothing over on me.' An' he'll say, 'Now jus' for that you don't get to tend no rabbits!'"

Suddenly his anger arose. "God damn you," he cried. "Why do you got to get killed? You ain't so little as mice." He picked up the pup and hurled it from him. He turned his back on it.

Il n'y avait que Lennie dans l'écurie, et Lennie était assis dans le foin, près d'une caisse d'emballage qui se trouvait sous une mangeoire, dans la partie de l'écurie qui n'était pas encore remplie de foin. Lennie était assis dans le foin et regardait un petit chien mort qui gisait devant lui. Lennie le regarda longtemps, puis il avança sa grosse main et le caressa, le caressa du museau jusqu'au bout de la queue.

Et Lennie dit doucement au petit chien : « Pourquoi c'est-il que tu t'es laissé tuer ? T'es pas aussi petit que les souris. J't'avais pas fait sauter bien fort. » Il releva la tête du chiot et lui regarda la figure en lui disant : « Maintenant, George ne me laissera peut-être pas soigner les lapins quand il saura que tu es mort. »

Il fit un petit creux et y déposa le chien qu'il recouvrit de foin pour le dissimuler. Mais il ne pouvait détacher ses yeux du petit tas qu'il avait fait. Il dit : « C'est pas assez mal pour que j'aille me cacher dans les broussailles. Oh ! non, sûrement pas. J'dirai à George que je l'ai trouvé mort. »

Il découvrit le petit chien et l'examina, et il le caressa des oreilles à la queue. Il continua tristement : « Mais il le saura. George sait toujours tout. Il dira : "C'est toi qui as fait ça. Faut pas essayer de me tromper." Et il dira : "Maintenant, rien que pour ça, tu n'soigneras pas les lapins." »

Brusquement, il s'écria avec colère : « Pourquoi t'es-tu laissé tuer, nom de Dieu ? T'es pas aussi petit que les souris. » Il ramassa le chiot et le lança loin de lui. Il lui tourna le dos.

He sat bent over his knees and he whispered, "Now I won't get to tend the rabbits. Now he won't let me." He rocked himself back and forth in his sorrow.

From outside came the clang of horseshoes on the iron stake, and then a little chorus of cries. Lennie got up and brought the puppy back and laid it on the hay and sat down. He stroked the pup again. "You wasn't big enough," he said. "They tol' me and tol' me you wasn't. I di'n't know you'd get killed so easy." He worked his fingers on the pup's limp ear. "Maybe George won't care," he said. "This here God damn little son-of-a-bitch wasn't nothing to George."

Curley's wife came around the end of the last stall. She came very quietly, so that Lennie didn't see her. She wore her bright cotton dress and the mules with the red ostrich feathers. Her face was made up and the little sausage curls were all in place. She was quite near to him before Lennie looked up and saw her.

In a panic he shoveled hay over the puppy with his fingers. He looked sullenly up at her.

She said, "What you got there, sonny boy?"

Lennie glared at her. "George says I ain't to have nothing to do with you—talk to you or nothing."

She laughed. "George giving you orders about everything?"

Lennie looked down at the hay. "Says I can't tend no rabbits if I talk to you or anything."

Assis, les genoux relevés, il murmura : « Maintenant, je n'soignerai pas les lapins. Maintenant, il n'me laissera plus le faire. » Et, dans son désespoir, il oscillait d'avant en arrière.

Dehors, les fers à cheval tintèrent sur la fiche d'acier, et une légère clameur s'éleva. Lennie se mit debout, alla chercher le petit chien, le posa sur le foin et se rassit. Il se remit à le caresser : « T'étais pas assez grand, dit-il. Ils me l'ont dit et redit que t'étais pas assez grand. J'savais pas que tu mourrais si facilement. » Il passa son doigt sur l'oreille flasque du chien. « Peut-être que George s'en foutra, dit-il. Il n'lui était rien à George, ce sacré petit fils de garce. »

La femme de Curley apparut au coin de la dernière stalle. Elle s'approcha si doucement que Lennie ne la vit pas. Elle portait sa robe de coton de couleur vive et ses mules ornées de plumes d'autruche rouges. Son visage était maquillé et tous ses tire-bouchons bien en place. Elle était tout près quand Lennie leva les yeux et l'aperçut.

Affolé, il jeta une poignée de foin sur le chiot. Il la regarda d'un air sombre.

Elle dit : « Qu'est-ce que t'as là, mon garçon ? »

Lennie lui jeta un regard farouche : « George dit qu'il n'faut pas que j'reste avec vous… faut pas que je vous parle, ni rien. »

Elle rit : « C'est George qui te dit toujours ce qu'il faut faire ? »

Lennie baissa les yeux vers le foin. « Il dit que je soignerai pas les lapins si je vous parle, ou autre chose. »

She said quietly, "He's scared Curley'll get mad. Well, Curley got his arm in a sling—an' if Curley gets tough, you can break his other han'. You didn't put nothing over on me about gettin' it caught in no machine."

But Lennie was not to be drawn. "No, sir. I ain't gonna talk to you or nothing."

She knelt in the hay beside him. "Listen," she said. "All the guys got a horseshoe tenement goin' on. It's on'y about four o'clock. None of them guys is goin' to leave that tenement. Why can't I talk to you? I never get to talk to nobody. I get awful lonely."

Lennie said, "Well, I ain't supposed to talk to you or nothing."

"I get lonely," she said. "You can talk to people, but I can't talk to nobody but Curley. Else he gets mad. How'd you like not to talk to anybody?"

Lennie said, "Well, I ain't supposed to. George's scared I'll get in trouble."

She changed the subject. "What you got covered up there?"

Then all of Lennie's woe came back on him. "Jus' my pup," he said sadly. "Jus' my little pup." And he swept the hay from on top of it.

"Why, he's dead," she cried.

"He was so little," said Lennie. "I was jus' playin' with him… an' he made like he's gonna bite me… an' I made like I was gonna smack him… an'… an' I done it. An' then he was dead."

Elle dit tranquillement : « Il a peur que Curley s'mette en colère. Ben, Curley a le bras en écharpe… et si Curley fait le méchant, t'auras qu'à lui écraser l'autre main. J'me suis pas laissé prendre à ton histoire de machine. »

Mais Lennie ne se laissait pas faire : « Non, non. Sûr que j'vous parlerai pas ni rien. »

Elle s'agenouilla dans le foin, près de lui. « Écoute, dit-elle. Tout le monde est à jouer aux fers. Il est à peine quatre heures. Ils font un concours. Personne ne partira. Pourquoi donc que je te causerais pas ? J'cause jamais à personne. J'me sens horriblement seule. »

Lennie dit : « Enfin, je suis pas supposé vous parler ni rien.

— J'me sens seule, dit-elle. Toi, tu peux causer aux gens, mais, moi, y a qu'à Curley que j'peux causer. Sans ça, il s'fout en rogne. T'aimerais ça, toi, parler à personne ? »

Lennie dit : « Ben, j'suis pas supposé le faire. George a peur qu'il m'arrive des ennuis. »

Elle changea de sujet : « Qu'est-ce que c'est que t'as là, recouvert ? »

Alors, toute la douleur de Lennie lui remonta : « Mon p'tit chien, dit-il tristement. Rien que mon p'tit chien. » Et, d'un coup de main, il balaya le foin qui le recouvrait.

« Mais il est mort ! s'écria-t-elle.

— Il était si petit, dit Lennie. On jouait ensemble… et il a fait semblant de me mordre… et j'ai fait semblant de le calotter… et… j'l'ai fait. Et puis, il était mort. »

She consoled him. "Don't you worry none. He was jus' a mutt. You can get another one easy. The whole country is fulla mutts."

"It ain't that so much," Lennie explained miserably. "George ain't gonna let me tend no rabbits now."

"Why don't he?"

"Well, he said if I done any more bad things he ain't gonna let me tend the rabbits."

She moved closer to him and she spoke soothingly. "Don't you worry about talkin' to me. Listen to the guys yell out there. They got four dollars bet in that tenement. None of them ain't gonna leave till it's over."

"If George sees me talkin' to you he'll give me hell," Lennie said cautiously. "He tol' me so."

Her face grew angry. "Wha's the matter with me?" she cried. "Ain't I got a right to talk to nobody? Whatta they think I am, anyways? You're a nice guy. I don't know why I can't talk to you. I ain't doin' no harm to you."

"Well, George says you'll get us in a mess."

"Aw, nuts!" she said. "What kinda harm am I doin' to you? Seems like they ain't none of them cares how I gotta live. I tell you I ain't used to livin' like this. I coulda made somethin' of myself." She said darkly, "Maybe I will yet." And then her words tumbled out

Elle le consola : « Te tourmente pas, va. C'était qu'un petit cabot. T'en trouveras facilement un autre. Des cabots, y en a plein le pays.

— C'est pas tant ça, expliqua Lennie misérablement, mais, maintenant, George n'me laissera plus soigner les lapins.

— Pourquoi ça ?

— Ben, parce qu'il a dit que, si je faisais encore quelque chose de mal, il m'laisserait pas soigner les lapins. »

Elle se rapprocha de lui et lui parla d'un ton câlin : « Aie pas peur de me causer. Écoute-les tous qui gueulent, là-bas. Y a quatre dollars d'enjeu dans ce concours. Ils n's'en iront pas avant que ça soit fini.

— Si George me trouve en train de vous causer, il m'engueulera, dit Lennie prudemment. Il me l'a dit.

— Enfin, qu'est-ce que j'ai fait ? cria-t-elle, le visage furieux. J'ai donc pas l'droit de parler à quelqu'un ? Pour qui me prend-on, après tout ? T'es gentil garçon. J'vois pas pourquoi j'pourrais pas te causer. J'te fais pas de mal.

— Ben, c'est que George dit que vous nous ferez avoir des histoires.

— Bah ! dit-elle. Quel mal veux-tu que je te fasse ? Y en a pas un seul qui ait l'air de s'inquiéter de la vie que je mène ici. Tu peux me croire, j'ai pas été habituée à mener une vie pareille. J'aurais pu devenir quelqu'un. » Elle continua d'une voix sombre : « Il n'est pas dit que ça n'arrive pas. » Puis, ses mots se précipitèrent

in a passion of communication, as though she hurried before her listener could be taken away. “I lived right in Salinas,” she said. “Come there when I was a kid. Well, a show come through, an’ I met one of the actors. He says I could go with that show. But my ol’ lady wouldn’ let me. She says because I was on’y fifteen. But the guy says I coulda. If I’d went, I wouldn’t be livin’ like this, you bet.”

Lennie stroked the pup back and forth. “We gonna have a little place—an’ rabbits,” he explained.

She went on with her story quickly, before she should be interrupted. “ ’Nother time I met a guy, an’ he was in pitchers. Went out to the Riverside Dance Palace with him. He says he was gonna put me in the movies. Says I was a natural. Soon’s he got back to Hollywood he was gonna write to me about it.” She looked closely at Lennie to see whether she was impressing him. “I never got that letter,” she said. “I always thought my ol’ lady stole it. Well, I wasn’t gonna stay no place where I couldn’t get nowhere or make something of myself, an’ where they stole your letters. I ast her if she stole it, too, an’ she says no. So I married Curley. Met him out to the Riverside Dance Palace that same night.” She demanded, “You listenin’?”

“Me? Sure.”

“Well, I ain’t told this to nobody before. Maybe I ought’n to. I don’ *like* Curley.

dans un désir passionné d'épanchement, comme si elle eût craint qu'on lui enlevât son auditoire. « J'habitais Salinas, dit-elle. J'étais toute gosse quand j'y suis venue. Et, un jour, un théâtre s'est amené en ville, et j'ai fait la connaissance d'un des acteurs. Il m'a dit que je pourrais faire partie de la troupe. Mais ma mère n'a pas voulu. Parce que j'avais juste quinze ans, qu'elle disait. Mais le type m'avait dit que j'pourrais. Si je l'avais fait, tu parles que j'mènerais un autre genre de vie. »

Lennie caressait le petit chien. « Nous, on aura une petite ferme… et des lapins », expliqua-t-il.

Elle continua son histoire, rapidement, avant qu'il eût pu l'interrompre. « Une autre fois, j'ai rencontré un type qu'était dans le cinéma. J'suis allée danser avec lui au Riverside Dance Palace. Il m'a dit qu'il me ferait faire du cinéma. Il m'a dit que j'étais née actrice. Dès son retour à Hollywood, il devait m'écrire. » Elle regarda Lennie de tout près, pour voir si elle l'impressionnait. « J'ai jamais reçu la lettre, dit-elle. J'ai toujours eu dans l'idée que ma mère l'avait chipée. Bref, j'allais pas rester dans un trou où j'arriverais à rien, où j'pourrais pas m'faire un nom, et où on me volait mes lettres. J'lui ai demandé si c'était elle qui me l'avait volée, et elle m'a dit que non. Alors, j'ai épousé Curley. J'l'avais rencontré, ce même soir, au Riverside Dance Palace. » Elle demanda : « Tu m'écoutes ?

— Moi ? Bien sûr.

— Bien. J'ai encore jamais raconté ça à personne. J'devrais peut-être pas. Je n'*aime* pas Curley.

He ain't a nice fella." And because she had confided in him, she moved closer to Lennie and sat beside him. "Coulda been in the movies, an' had nice clothes—all them nice clothes like they wear. An' I coulda sat in them big hotels, an' had pitchers took of me. When they had them previews I coulda went to them, an' spoke in the radio, an' it wouldn'ta cost me a cent because I was in the pitcher. An' all them nice clothes like they wear. Because this guy says I was a natural." She looked up at Lennie, and she made a small grand gesture with her arm and hand to show that she could act. The fingers trailed after her leading wrist, and her little finger stuck out grandly from the rest.

Lennie sighed deeply. From outside came the clang of a horseshoe on metal, and then a chorus of cheers. "Somebody made a ringer," said Curley's wife.

Now the light was lifting as the sun went down, and the sun streaks climbed up the wall and fell over the feeding racks and over the heads of the horses.

Lennie said, "Maybe if I took this pup out and throwed him away George wouldn't never know. An' then I could tend the rabbits without no trouble."

Curley's wife said angrily, "Don't you think of nothing but rabbits?"

C'est un mauvais garçon. » Et parce qu'elle s'était confiée à lui, elle se rapprocha de Lennie et s'assit près de lui. « J'aurais pu faire du cinéma, et avoir de belles toilettes... toutes ces jolies toilettes qu'elles portent. Et j'aurais pu m'asseoir dans ces grands hôtels, et on aurait tiré mon portrait. Le premier soir qu'on aurait passé les films, j'aurais pu y aller, et j'aurais parlé à la radio et ça n'm'aurait pas coûté un sou, parce que j'aurais joué dans le film. Et toutes ces belles toilettes qu'elles portent. Parce que le type m'a dit que j'étais née actrice. » Elle leva les yeux vers Lennie et elle esquissa un grand geste du bras et de la main pour montrer qu'elle pouvait jouer. Ses doigts suivaient son poignet conducteur, le petit doigt noblement séparé des autres.

Lennie poussa un profond soupir. Au-dehors, un fer tinta sur le métal et des acclamations s'élevèrent. « Y en a un qu'a encerclé la fiche », dit la femme de Curley.

La lumière changeait maintenant que le soleil baissait, et les rais de soleil escaladaient le mur, tombaient sur les râteliers et au-dessus de la tête des chevaux.

Lennie dit : « Peut-être bien que si j'allais jeter ce petit chien dehors, George ne s'en apercevrait pas. Et alors, j'n'aurais plus de difficultés pour soigner les lapins. »

La femme de Curley s'écria, en colère : « Tu n'peux donc pas penser à autre chose qu'à ces lapins ?

"We gonna have a little place," Lennie explained patiently. "We gonna have a house an' a garden and a place for alfalfa, an' that alfalfa is for the rabbits, an' I take a sack and get it all fulla alfalfa and then I take it to the rabbits."

She asked, "What makes you so nuts about rabbits?"

Lennie had to think carefully before he could come to a conclusion. He moved cautiously close to her, until he was right against her. "I like to pet nice things. Once at a fair I seen some of them long-hair rabbits. An' they was nice, you bet. Sometimes I've even pet mice, but not when I could get nothing better."

Curley's wife moved away from him a little. "I think you're nuts," she said.

"No I ain't," Lennie explained earnestly. "George says I ain't. I like to pet nice things with my fingers, sof' things."

She was a little bit reassured. "Well, who don't?" she said. "Ever'body likes that. I like to feel silk an' velvet. Do you like to feel velvet?"

Lennie chuckled with pleasure. "You bet, by God," he cried happily. "An' I had some, too. A lady give me some, an' that lady was—my own Aunt Clara. She give it right to me—'bout this big a piece. I wisht I had that velvet right now." A frown came over his face. "I lost it," he said. "I ain't seen it for a long time."

— On aura une petite ferme, expliqua Lennie patiemment. On aura une maison et un jardin, et un carré de luzerne, et cette luzerne sera pour les lapins, et je prendrai un sac, et je le remplirai de luzerne, et puis je l'apporterai aux lapins. »

Elle demanda : « Pourquoi donc que t'aimes tant les lapins ? »

Lennie dut réfléchir longuement avant d'arriver à une conclusion. Prudemment, il s'approcha d'elle, jusqu'à la toucher. « J'aime caresser les jolies choses. Un jour, à la foire, j'ai vu de ces lapins à longs poils. Et ils étaient jolis, pour sûr. Des fois même, j'caresse des souris, mais c'est quand j'peux rien trouver de mieux. »

La femme de Curley se recula un peu. « J'crois que t'es piqué, dit-elle.

— Non, j'suis pas piqué, expliqua Lennie consciencieusement. George dit que j'le suis pas. J'aime caresser les jolies choses avec mes doigts, les choses douces. »

Elle était un peu rassurée. « Tout le monde est comme ça, dit-elle. Tout le monde aime ça. Moi, j'aime toucher la soie et le velours. Est-ce que t'aimes toucher le velours ? »

Lennie gloussa de plaisir : « Vous parlez, bon Dieu ! s'écria-t-il avec joie. Et même que j'en ai eu un morceau moi aussi. C'est une dame qui me l'avait donné, et cette dame, c'était ma tante Clara. Elle me l'a donné, à moi, un morceau grand comme ça, à peu près. J'voudrais bien l'avoir, ce velours, en ce moment même. » Sa figure se rembrunit. « J'l'ai perdu, dit-il. Y a bien longtemps que j'l'ai pas vu. »

Curley's wife laughed at him. "You're nuts," she said. "But you're a kinda nice fella. Jus' like a big baby. But a person can see kinda what you mean. When I'm doin' my hair sometimes I jus' set an' stroke it 'cause it's so soft." To show how she did it, she ran her fingers over the top of her head. "Some people got kinda coarse hair," she said complacently. "Take Curley. His hair is jus' like wire. But mine is soft and fine. 'Course I brush it a lot. That makes it fine. Here—feel right here." She took Lennie's hand and put it on her head. "Feel right aroun' there an' see how soft it is."

Lennie's big fingers fell to stroking her hair.

"Don't you muss it up," she said.

Lennie said, "Oh! That's nice," and he stroked harder. "Oh, that's nice."

"Look out, now, you'll muss it." And then she cried angrily, "You stop it now, you'll mess it all up." She jerked her head sideways, and Lennie's fingers closed on her hair and hung on. "Let go," she cried. "You let go!"

Lennie was in a panic. His face was contorted. She screamed then, and Lennie's other hand closed over her mouth and nose. "Please don't," he begged. "Oh! Please don't do that. George'll be mad."

La femme de Curley se moqua de lui : « T'es piqué, dit-elle. Mais t'es gentil tout de même. On dirait un grand bébé. Mais on peut bien voir ce que tu veux dire. Quand je me coiffe, des fois, je me caresse les cheveux, parce qu'ils sont si soyeux. » Pour montrer comment elle le faisait, elle passa ses doigts sur le haut de sa tête. « Y a des gens qui ont des gros cheveux raides, continua-t-elle avec complaisance, Curley, par exemple. Ses cheveux sont comme des fils de fer. Mais les miens sont fins et soyeux. C'est parce que je les brosse souvent. C'est ça qui les rend fins. Ici… touche, juste ici. » Elle prit la main de Lennie et la plaça sur sa tête. « Touche là, autour, tu verras comme c'est doux. »

De ses gros doigts, Lennie commença à lui caresser les cheveux.

« Ne m'décoiffe pas », dit-elle.

Lennie dit : « Oh ! c'est bon. – Et il caressa plus fort. – Oh ! c'est bon.

— Attention, tu vas me décoiffer. » Puis elle s'écria avec colère : « Assez, voyons, tu vas toute me décoiffer. » D'une secousse elle détourna la tête, et Lennie serra les doigts, se cramponna aux cheveux. « Lâche-moi, cria-t-elle. Mais, lâche-moi donc ! »

Lennie était affolé. Son visage se contractait. Elle se mit à hurler et, de l'autre main, il lui couvrit la bouche et le nez. « Non, j'vous en prie, supplia-t-il. Oh ! j'vous en prie, ne faites pas ça. George se fâcherait. »

She struggled violently under his hands. Her feet battered on the hay and she writhed to be free; and from under Lennie's hand came a muffled screaming. Lennie began to cry with fright. "Oh! Please don't do none of that," he begged. "George gonna say I done a bad thing. He ain't gonna let me tend no rabbits." He moved his hand a little and her hoarse cry came out. Then Lennie grew angry. "Now don't," he said. "I don't want you to yell. You gonna get me in trouble jus' like George says you will. Now don't you do that." And she continued to struggle, and her eyes were wild with terror. He shook her then, and he was angry with her. "Don't you go yellin'," he said, and he shook her; and her body flopped like a fish. And then she was still, for Lennie had broken her neck.

He looked down at her, and carefully he removed his hand from over her mouth, and she lay still. "I don't want ta hurt you," he said, "but George'll be mad if you yell." When she didn't answer nor move he bent closely over her. He lifted her arm and let it drop. For a moment he seemed bewildered. And then he whispered in fright, "I done a bad thing. I done another bad thing."

He pawed up the hay until it partly covered her.

From outside the barn came a cry of men and the double clang of shoes on metal. For the

Elle se débattait vigoureusement, sous ses mains. De ses deux pieds elle battait le foin, et elle se tordait dans l'espoir de se libérer. Un cri étouffé s'échappa sous les mains de Lennie. Lennie commença à crier de frayeur. « Oh ! je vous en prie, ne faites pas ça, supplia-t-il. George va dire que j'ai encore fait quelque chose de mal. Il m'laissera pas soigner les lapins. » Il écarta un peu la main et elle poussa un cri rauque. Alors Lennie se fâcha. « Allons, assez, dit-il. J'veux pas que vous gueuliez. Vous allez me faire arriver des histoires, tout comme a dit George. N'faites pas ça, voyons. » Et elle continuait à se débattre, les yeux affolés de terreur. Alors il la secoua, et il était furieux contre elle. « Ne gueulez donc pas comme ça », dit-il en la secouant, et le corps s'affaissa comme un poisson. Puis elle ne bougea plus, car Lennie lui avait brisé les vertèbres du cou.

Il abaissa les yeux vers elle, et, avec précaution, enleva la main de dessus sa bouche ; et elle resta immobile. « J'veux pas vous faire de mal, dit-il, mais George s'foutra en rogne si vous gueulez. » Voyant qu'elle ne répondait ni ne bougeait, il se pencha tout contre elle. Il lui souleva le bras et le laissa retomber. Un moment il sembla éberlué. Puis il soupira dans sa terreur : « J'ai fait quelque chose de mal. J'ai encore fait quelque chose de mal. »

Il entassa du foin jusqu'à ce qu'elle fût partiellement recouverte.

Des cris d'hommes et le double tintement de fers sur le métal retentirent au-dehors. Pour la

first time Lennie became conscious of the outside. He crouched down in the hay and listened. "I done a real bad thing," he said. "I shouldn't of did that. George'll be mad. An'... he said... an' hide in the brush till he come. He's gonna be mad. In the brush till he come. Tha's what he said." Lennie went back and looked at the dead girl. The puppy lay close to her. Lennie picked it up. "I'll throw him away," he said. "It's bad enough like it is." He put the pup under his coat, and he crept to the barn wall and peered out between the cracks, toward the horseshoe game. And then he crept around the end of the last manger and disappeared.

The sun streaks were high on the wall by now, and the light was growing soft in the barn. Curley's wife lay on her back, and she was half covered with hay.

It was very quiet in the barn, and the quiet of the afternoon was on the ranch. Even the clang of the pitched shoes, even the voices of the men in the game seemed to grow more quiet. The air in the barn was dusky in advance of the outside day. A pigeon flew in through the open hay door and circled and flew out again. Around the last stall came a shepherd bitch, lean and long, with heavy, hanging dugs. Halfway to the packing box where the puppies were she caught the dead scent of Curley's wife, and the hair rose along her spine.

première fois, Lennie prit conscience du monde extérieur. Il se tapit dans le foin et écouta. « J'ai fait quelque chose de vraiment mal, dit-il. J'aurais pas dû faire ça. George va se fâcher. Et… il a dit… et tu te cacheras dans les fourrés, jusqu'à ce que je vienne te chercher. Il va se fâcher. Dans les fourrés jusqu'à ce que je vienne. C'est ça qu'il a dit. » Lennie retourna vers la femme morte et l'observa. Le petit chien gisait tout près d'elle. Lennie le ramassa. « J'vais le jeter, dit-il, y a assez de mal comme ça. » Il glissa le chien sous son veston, rampa jusqu'au mur de l'écurie et regarda par une fente, dans la direction de la partie de fers. Puis il se glissa derrière la dernière mangeoire et disparut.

Les rais de soleil se trouvaient maintenant très haut sur le mur, et, dans l'écurie, la lumière s'adoucissait. La femme de Curley était étendue sur le dos, à demi recouverte de foin.

Tout était très calme dans l'écurie, et le calme de l'après-midi régnait sur le ranch. Même le tintement des fers lancés, même les voix des joueurs semblaient s'apaiser. En avance sur le jour extérieur, la pénombre maintenant envahissait l'écurie. Un pigeon entra par le vantail grand ouvert pour le passage du foin. Il décrivit un cercle, puis ressortit. Une chienne de berger apparut au coin de la dernière stalle. Elle était mince et longue, et ses lourdes mamelles pendaient. À michemin de la caisse d'emballage où se trouvaient ses petits, elle flaira l'odeur morte de la femme de Curley, et ses poils se hérissèrent sur son dos.

She whimpered and cringed to the packing box, and jumped in among the puppies.

Curley's wife lay with a half-covering of yellow hay. And the meanness and the plannings and the discontent and the ache for attention were all gone from her face. She was very pretty and simple, and her face was sweet and young. Now her rouged cheeks and her reddened lips made her seem alive and sleeping very lightly. The curls, tiny little sausages, were spread on the hay behind her head, and her lips were parted.

As happens sometimes, a moment settled and hovered and remained for much more than a moment. And sound stopped and movement stopped for much, much more than a moment.

Then gradually time awakened again and moved sluggishly on. The horses stamped on the other side of the feeding racks and the halter chains clinked. Outside, the men's voices became louder and clearer.

From around the end of the last stall old Candy's voice came. "Lennie," he called. "Oh, Lennie! You in here? I been figuring some more. Tell you what we can do, Lennie." Old Candy appeared around the end of the last stall. "Oh, Lennie!" he called again; and then he stopped, and his body stiffened. He rubbed his smooth wrist on his white stubble whiskers. "I di'n't know you was here," he said to Curley's wife.

Elle se mit à geindre et, ayant regagné sa caisse d'emballage, elle sauta y retrouver ses petits.

La femme de Curley gisait à demi recouverte de foin jaune. La méchanceté, les machinations, les rancœurs de sa solitude ne pouvaient plus se lire sur son visage. Elle était très jolie et toute simple, et son visage était doux et jeune. Ses joues fardées et ses lèvres rougies lui donnaient l'air vivant, et elle semblait dormir d'un sommeil léger. Ses boucles, comme de minuscules tire-bouchons, étaient éparses sur le foin derrière sa tête, et ses lèvres étaient entrouvertes.

Comme il arrive parfois, les minutes s'attardèrent, durèrent bien plus que des minutes. Et tout bruit cessa, et tout mouvement cessa pendant quelques minutes beaucoup, beaucoup plus longues que des minutes.

Puis, peu à peu, le temps se réveilla et reprit paresseusement son cours. Les chevaux piaffèrent de l'autre côté des râteliers et les licous cliquetèrent. Au-dehors, les voix des hommes se firent plus hautes, plus claires.

La voix du vieux Candy se fit entendre au coin de la dernière stalle. « Lennie, cria-t-il, hé, Lennie ! T'es là ? J'ai fait d'autres calculs. J'vas te dire ce qu'on pourra faire, Lennie. » Le vieux Candy apparut au coin de la dernière stalle. « Hé, Lennie ! » appela-t-il encore ; puis il s'arrêta et son corps se raidit. Il frotta son poignet lisse sur sa joue blanche mal rasée. « J'savais pas que vous étiez ici », dit-il à la femme de Curley.

When she didn't answer, he stepped nearer. "You oughten to sleep out here," he said disapprovingly; and then he was beside her and— "Oh, Jesus Christ!" He looked about helplessly, and he rubbed his beard. And then he jumped up and went quickly out of the barn.

But the barn was alive now. The horses stamped and snorted, and they chewed the straw of their bedding and they clashed the chains of their halters. In a moment Candy came back, and George was with him.

George said, "What was it you wanted to see me about?"

Candy pointed at Curley's wife. George stared. "What's the matter with her?" he asked. He stepped closer, and then he echoed Candy's words. "Oh, Jesus Christ!" He was down on his knees beside her. He put his hand over her heart. And finally, when he stood up, slowly and stiffly, his face was as hard and tight as wood, and his eyes were hard.

Candy said, "What done it?"

George looked coldly at him. "Ain't you got any idear?" he asked. And Candy was silent. "I should of knew," George said hopelessly. "I guess maybe way back in my head I did."

Candy asked, "What we gonna do now, George? What we gonna do now?"

George was a long time in answering. "Guess… we gotta tell the… guys.

Ne recevant pas de réponse, il se rapprocha. « Vous devriez pas dormir ici », dit-il d'un ton de reproche. Une minute plus tard il était tout près d'elle et… « Sacré nom de Dieu ! » Éperdu, il regarda tout autour de lui, en se frottant la barbe. Puis il fit un bond et s'élança hors de l'écurie.

Mais maintenant l'écurie s'était réveillée. Les chevaux piaffaient et renâclaient, et ils mangeaient la paille de leur litière, faisaient cliqueter les chaînes de leurs licous. Candy ne tarda pas à revenir accompagné de George.

George dit : « Pourquoi que tu voulais me voir ? »

Candy montra la femme de Curley. George regarda : « Qu'est-ce qu'elle a ? » demanda-t-il. Il se rapprocha puis fit écho aux paroles de Candy. « Sacré nom de Dieu ! » Il s'était agenouillé près d'elle. Il lui mit la main sur le cœur. Et, quand enfin il se décida à se relever, lentement, péniblement, son visage avait la dureté, la tension du bois, et ses yeux aussi étaient durs.

Candy dit : « Qui c'est qu'a fait ça ? »

George le regarda froidement : « T'as pas une idée ? » demanda-t-il. Et Candy resta silencieux. « J'aurais dû m'en douter, dit George, désemparé. Mais, après tout, j'm'en doutais peut-être, dans le fond de ma tête. »

Candy demanda : « Qu'est-ce qu'on va faire maintenant, George ? Qu'est-ce qu'on va faire ? »

George resta longtemps sans répondre. « J'suppose… qu'il va falloir… l'dire aux autres.

I guess we gotta get 'im an' lock 'im up. We can't let 'im get away. Why, the poor bastard'd starve." And he tried to reassure himself. "Maybe they'll lock 'im up an' be nice to 'im."

But Candy said excitedly, "We oughtta let 'im get away. You don't know that Curley. Curley gon'ta wanta get 'im lynched. Curley'll get 'im killed."

George watched Candy's lips. "Yeah," he said at last, "that's right, Curley will. An' the other guys will." And he looked back at Curley's wife.

Now Candy spoke his greatest fear. "You an' me can get that little place, can't we, George? You an' me can go there an' live nice, can't we, George? Can't we?"

Before George answered, Candy dropped his head and looked down at the hay. He knew.

George said softly, "—I think I knowed from the very first. I think I knowed we'd never do her. He usta like to hear about it so much I got to thinking maybe we would."

"Then—it's all off?" Candy asked sulkily.

George didn't answer his question. George said, "I'll work my month an' I'll take my fifty bucks an' I'll stay all night in some lousy cat house. Or I'll set in some poolroom till ever'body goes home.

J'suppose qu'il va falloir le retrouver pour le faire enfermer. On n'peut pas le laisser se sauver. L'pauvre bougre, il crèverait de faim. » Et il tenta de se rassurer : « Si on l'enferme, on sera peut-être bon pour lui. »

Candy dit avec feu : « Faut pas le laisser s'échapper. Tu n'connais pas le Curley. Curley voudra le faire lyncher. Curley le fera tuer. »

George regardait les lèvres de Candy. « Ouais, finit-il par dire, t'as raison, Curley le fera tuer. Et les autres aussi. » Et, de nouveau, il regarda la femme de Curley.

Alors, Candy exprima sa crainte la plus sérieuse. « Toi et moi, on pourra avoir cette petite terre quand même, pas vrai, George ? On pourra aller y mener la bonne vie, pas vrai, George ? Pas vrai ? »

Sans attendre la réponse de George, Candy baissa la tête et regarda le foin. Il avait compris.

George dit doucement : « J'm'en doutais, j'crois, dès le début. J'm'en doutais qu'on ne l'aurait jamais. Mais il aimait tellement en entendre parler que j'avais fini par croire qu'on finirait peut-être par l'avoir.

— Alors... c'est définitivement à l'eau ? » demanda Candy d'un air sombre.

George ignora la question. George dit : « J'vais faire mon mois, j'prendrai mes cinquante dollars et j'passerai toute une nuit dans quelque pouilleux de bordel. Ou bien j'resterai au cabaret jusqu'à ce que tout le monde s'en retourne chez soi.

An' then I'll come back an' work another month an' I'll have fifty bucks more."

Candy said, "He's such a nice fella. I didn' think he'd do nothing like this."

George still stared at Curley's wife. "Lennie never done it in meanness," he said. "All the time he done bad things, but he never done one of 'em mean." He straightened up and looked back at Candy. "Now listen. We gotta tell the guys. They got to bring him in, I guess. They ain't no way out. Maybe they won't hurt 'im." He said sharply, "I ain't gonna let 'em hurt Lennie. Now you listen. The guys might think I was in on it. I'm gonna go in the bunkhouse. Then in a minute you come out and tell the guys about her, and I'll come along and make like I never seen her. Will you do that? So the guys won't think I was in on it?"

Candy said, "Sure, George. Sure I'll do that."

"O.K. Give me a couple of minutes then, and you come runnin' out an' tell like you jus' found her. I'm going now." George turned and went quickly out of the barn.

Old Candy watched him go. He looked helplessly back at Curley's wife, and gradually his sorrow and his anger grew into words. "You God damn tramp," he said viciously.

Alors j'reviendrai travailler un autre mois et j'aurai cinquante dollars de plus. »

Candy dit : « C'est un si bon type. J'aurais jamais cru qu'il aurait fait une chose pareille. »

George regardait toujours la femme de Curley. « Lennie n'l'a pas fait par méchanceté, dit-il. Il passe son temps à faire des bêtises, mais c'est jamais par méchanceté. » Il se redressa et se retourna vers Candy : « Maintenant, écoute. Faut aller le dire aux autres. J'imagine qu'il faudra bien qu'on l'amène ici. On n'peut pas éviter ça. Ils n'lui feront peut-être pas de mal. » Il dit d'un ton tranchant : « J'les laisserai pas faire de mal à Lennie. Maintenant, écoute. Les autres pourraient peut-être penser que j'y suis pour quelque chose, moi aussi. J'vais aller dans notre chambre. Toi, dans une minute, tu sortiras le dire aux autres, et moi, j'm'amènerai et j'ferai comme si j'l'avais jamais vue. Tu veux bien faire ça ? Comme ça, les types verront bien que j'y suis pour rien. »

Candy dit : « Pour sûr, George. Pour sûr que j'veux bien faire ça.

— Bon. Donne-moi deux minutes, et puis tu sors en vitesse et tu leur dis que tu viens juste de la trouver. Je file. » George fit demi-tour et sortit rapidement de l'écurie.

Le vieux Candy le regarda s'en aller. Désemparé, il reporta ses yeux sur la femme de Curley, et, peu à peu, son chagrin et sa colère montèrent, jusqu'à s'exprimer en paroles. « Sacré nom de Dieu de garce, dit-il méchamment.

"You done it, di'n't you? I s'pose you're glad. Ever'body knowed you'd mess things up. You wasn't no good. You ain't no good now, you lousy tart." He sniveled, and his voice shook. "I could of hoed in the garden and washed dishes for them guys." He paused, and then went on in a singsong. And he repeated the old words: "If they was a circus or a baseball game… we would of went to her… jus' said 'ta hell with work,' an' went to her. Never ast nobody's say-so. An' they'd of been a pig and chickens… an' in the winter… the little fat stove… an' the rain comin'… an' us jus' settin' there." His eyes blinded with tears and he turned and went weakly out of the barn, and he rubbed his bristly whiskers with his wrist stump.

Outside the noise of the game stopped. There was a rise of voices in question, a drum of running feet and the men burst into the barn. Slim and Carlson and young Whit and Curley, and Crooks keeping back out of attention range. Candy came after them, and last of all came George. George had put on his blue denim coat and buttoned it, and his black hat was pulled down low over his eyes. The men raced around the last stall. Their eyes found Curley's wife in the gloom, they stopped and stood still and looked.

T'es arrivée à ce que tu voulais, hein ? J'parie que te v'là contente. Tout le monde le savait que tu ferais du grabuge. T'as jamais rien valu. Tu n'vaux plus rien maintenant, sale fumier. » Il renifla et sa voix trembla. « J'aurais pu sarcler leur jardin et laver leur vaisselle. » Il s'arrêta, puis il se mit à psalmodier. Et il répétait les vieux mots : « S'il y avait eu un cirque ou un match de base-ball… on y serait allés… on aurait dit simplement : "l'travail on s'en fout", et on y serait allés. On n'aurait rien eu à demander à personne. Et on aurait eu un cochon et des poulets… et l'hiver… le petit poêle bien rond… et la pluie qui serait venue… et nous, assis, là, bien tranquilles. » Ses yeux s'étaient remplis de larmes, et il se retourna, et, lentement, il sortit de l'écurie tout en frottant avec son moignon les poils hérissés de ses joues.

Au-dehors, le bruit de la partie cessa. Des voix s'élevèrent ; on discutait. Puis ce fut un martèlement de pieds, et les hommes firent irruption dans l'écurie. Slim, Carlson, le jeune Whit et Curley, et Crooks qui se tenait derrière pour ne pas attirer l'attention. Candy les suivait, et George arriva le dernier. George avait mis son veston de serge de coton bleue et l'avait boutonné. Il avait abaissé son chapeau noir sur ses yeux. Les hommes franchirent la dernière stalle au pas de course. Leurs yeux distinguèrent la femme de Curley dans la pénombre. Ils s'arrêtèrent, et restèrent immobiles à la regarder.

Then Slim went quietly over to her, and he felt her wrist. One lean finger touched her cheek, and then his hand went under her slightly twisted neck and his fingers explored her neck. When he stood up the men crowded near and the spell was broken.

Curley came suddenly to life. “I know who done it,” he cried. “That big son-of-a-bitch done it. I know he done it. Why—ever’body else was out there playin’ horseshoes.” He worked himself into a fury. “I’m gonna get him. I’m going for my shotgun. I’ll kill the big son-of-a-bitch myself. I’ll shoot ’im in the guts. Come on, you guys.” He ran furiously out of the barn. Carlson said, “I’ll get my Luger,” and he ran out too.

Slim turned quietly to George. “I guess Lennie done it, all right,” he said. “Her neck’s bust. Lennie coulda did that.”

George didn’t answer, but he nodded slowly. His hat was so far down on his forehead that his eyes were covered.

Slim went on, “Maybe like that time in Weed you was tellin’ about.”

Again George nodded.

Slim sighed. “Well, I guess we got to get him. Where you think he might of went?”

It seemed to take George some time to free his words. “He—would of went south,” he said. “We come from north so he would of went south.”

Puis, tranquillement, Slim s'approcha d'elle et lui tâta le pouls. De son doigt fin il lui toucha la joue, puis il glissa sa main sous le cou légèrement tordu que les doigts palpèrent. Quand il se redressa, les hommes se pressèrent autour de lui et le silence fut rompu.

Curley revint brusquement à la vie. « Je sais qui a fait ça, cria-t-il. C'est ce grand enfant de putain qui l'a fait. Je sais que c'est lui. Y a pas de doute, tous les autres étaient à jouer aux fers. » Il était fou de rage. « J'vais lui faire son affaire. J'vais chercher mon fusil. J'le tuerai moi-même, l'enfant de putain. J'lui foutrai une balle dans les tripes. Allez, venez, les gars. » Furieux, il sortit de l'écurie en courant. Carlson dit : « J'vais chercher mon Luger. » Et il s'enfuit lui aussi en courant.

Slim se tourna tranquillement vers George : « J'crois bien, en effet, que c'est Lennie qui a fait le coup, dit-il. Elle a le cou brisé. Y a que Lennie qui ait pu faire ça. »

George ne répondit pas, mais il opina lentement. Son chapeau lui descendait si avant sur le front qu'on ne lui voyait pas les yeux.

Slim continua : « Peut-être bien comme cette histoire de Weed que tu me racontais. »

De nouveau George opina.

Slim soupira : « Ben j'crois qu'il va falloir qu'on le rattrape. Où c'est que tu crois qu'il est allé ? »

Longtemps George sembla incapable d'articuler un mot. « Il… il sera allé vers le sud, dit-il. Nous sommes venus du nord, alors, il sera allé vers le sud.

"I guess we gotta get 'im," Slim repeated.

George stepped close. "Couldn' we maybe bring him in an' they'll lock him up? He's nuts, Slim. He never done this to be mean."

Slim nodded. "We might," he said. "If we could keep Curley in, we might. But Curley's gonna want to shoot 'im. Curley's still mad about his hand. An' s'pose they lock him up an' strap him down and put him in a cage. That ain't no good, George."

"I know," said George. "I know."

Carlson came running in. "The bastard's stole my Luger," he shouted. "It ain't in my bag." Curley followed him, and Curley carried a shotgun in his good hand. Curley was cold now.

"All right, you guys," he said. "The nigger's got a shotgun. You take it, Carlson. When you see 'um, don't give 'im no chance. Shoot for his guts. That'll double 'im over."

Whit said excitedly, "I ain't got a gun."

Curley said, "You go in Soledad an' get a cop. Get Al Wilts, he's deputy sheriff. Le's go now." He turned suspiciously on George. "You're comin' with us, fella."

"Yeah," said George. "I'll come. But listen, Curley. The poor bastard's nuts. Don't shoot 'im. He di'n't know what he was doin'."

"Don't shoot 'im?" Curley cried. "He got Carlson's Luger. 'Course we'll shoot 'im."

— J'crois qu'il faut qu'on le rattrape », répéta Slim.

George se rapprocha : « Est-ce qu'on ne pourrait pas le ramener ici et le faire enfermer ? Il est cinglé, Slim. C'est pas par méchanceté qu'il a fait ça. »

Slim acquiesça : « On pourrait peut-être, dit-il. Si on peut empêcher Curley de sortir, on pourra peut-être. Mais Curley va vouloir le tuer, Curley est encore en rogne à cause de sa main. Et, suppose qu'on l'enferme, et qu'on l'attache, et qu'on le foute dans une cage. C'est pas guère à souhaiter, George.

— Je sais, dit George, je sais. »

Carlson rentra en courant : « Il m'a volé mon Luger, l'enfant de garce, hurla-t-il. Il n'est plus dans mon sac. » Curley le suivait, et Curley portait un fusil dans sa main valide. Curley avait repris son calme.

« On y est, les gars, dit-il. Le nègre a un fusil. Prends-le, Carlson. Quand tu l'apercevras, n'le laisse pas échapper. Fous-lui une balle dans les tripes. Ça l'fera plier en deux. »

Whit très agité dit : « Moi, j'ai pas de fusil. »

Curley dit : « Toi, t'iras à Soledad chercher la police. Amène Al Wilts, l'assistant du shérif. Allons, en route. » Soupçonneux, il se tourna vers George : « Tu viens avec nous, toi ?

— Ouais, dit George. J'irai. Mais écoute, Curley. Le pauvre bougre est cinglé. Faut pas le tuer. Il n'savait pas ce qu'il faisait.

— Pas le tuer ? cria Curley. Il a volé le Luger de Carlson. Tu parles si on va le tuer. »

George said weakly, "Maybe Carlson lost his gun."

"I seen it this morning," said Carlson. "No, it's been took."

Slim stood looking down at Curley's wife. He said, "Curley—maybe you better stay here with your wife."

Curley's face reddened. "I'm goin'," he said. "I'm gonna shoot the guts outta that big bastard myself, even if I only got one hand. I'm gonna get 'im."

Slim turned to Candy. "You stay here with her then, Candy. The rest of us better get goin'."

They moved away. George stopped a moment beside Candy and they both looked down at the dead girl until Curley called, "You George! You stick with us so we don't think you had nothin' to do with this."

George moved slowly after them, and his feet dragged heavily.

And when they were gone, Candy squatted down in the hay and watched the face of Curley's wife. "Poor bastard," he said softly.

The sound of the men grew fainter. The barn was darkening gradually and, in their stalls, the horses shifted their feet and rattled the halter chains. Old Candy lay down in the hay and covered his eyes with his arm.

George dit mollement : « Carlson l'a peut-être perdu, son Luger.

— J'l'ai vu ce matin, dit Carlson. Non, non, on me l'a volé. »

Slim regardait la femme de Curley. Il dit : « Curley… tu ferais peut-être mieux de rester avec ta femme. »

La face de Curley s'empourpra : « J'veux y aller, dit-il. J'veux lui crever les tripes moi-même, à ce grand enfant de putain, quand même que j'aie qu'une main. C'est moi qui l'aurai. »

Slim se tourna vers Candy : « Alors, c'est toi, Candy, qui vas rester avec elle. Nous autres, on ferait mieux de partir. »

Ils se mirent en marche. George s'arrêta un instant auprès de Candy, et tous les deux contemplèrent la fille morte. Mais Curley appela : « Hé, George ! Reste avec nous, qu'on voie que tu y as pas mis la main. »

George les suivit lentement, et il traînait les pieds, lourdement.

Et quand ils furent partis, Candy s'accroupit dans le foin et regarda le visage de la femme de Curley. « Le pauvre bougre ! » dit-il doucement.

Le bruit des hommes s'évanouit. L'écurie s'obscurcissait peu à peu, et, dans leurs stalles, les chevaux frottaient les pieds et faisaient cliqueter leurs licous. Le vieux Candy se coucha dans le foin et se couvrit les yeux avec son bras.

The deep green pool of the Salinas River was still in the late afternoon. Already the sun had left the valley to go climbing up the slopes of the Gabilan mountains, and the hilltops were rosy in the sun. But by the pool among the mottled sycamores, a pleasant shade had fallen.

A water snake glided smoothly up the pool, twisting its periscope head from side to side; and it swam the length of the pool and came to the legs of a motionless heron that stood in the shallows. A silent head and beak lanced down and plucked it out by the head, and the beak swallowed the little snake while its tail waved frantically.

A far rush of wind sounded and a gust drove through the tops of the trees like a wave. The sycamore leaves turned up their silver sides, the brown, dry leaves on the ground scudded a few feet. And

Dans cette fin d'après-midi, l'eau de la Salinas dormait, profonde, tranquille et verte. Déjà le soleil avait quitté la vallée et escaladait les versants des monts Gabilan, et les sommets étaient tout roses de soleil. Mais, près de l'eau dormante, parmi les sycomores madrés, tout se trouvait baigné dans une ombre plaisante.

Un serpent d'eau remontait mollement la rivière. Sa tête, comme un petit périscope, tournait de droite et de gauche, et il traversa le bassin d'eau dormante dans toute sa longueur pour venir se jeter dans les pattes d'un héron qui guettait, immobile, là où l'eau n'était pas profonde. Une tête et un bec s'élancèrent sans bruit et saisirent le serpent, et le bec l'avala par la tête tandis que la queue s'agitait frénétiquement.

Une rafale se fit entendre au loin et le coup de vent fouetta le haut des arbres comme une vague. Les feuilles des sycomores montrèrent leur côté argenté. Par terre, les feuilles mortes coururent sur quelques mètres. Et,

row on row of tiny wind waves flowed up the pool's green surface.

As quickly as it had come, the wind died, and the clearing was quiet again. The heron stood in the shallows, motionless and waiting. Another little water snake swam up the pool, turning its periscope head from side to side.

Suddenly Lennie appeared out of the brush, and he came as silently as a creeping bear moves. The heron pounded the air with its wings, jacked itself clear of the water and flew off down river. The little snake slid in among the reeds at the pool's side.

Lennie came quietly to the pool's edge. He knelt down and drank, barely touching his lips to the water. When a little bird skittered over the dry leaves behind him, his head jerked up and he strained toward the sound with eyes and ears until he saw the bird, and then he dropped his head and drank again.

When he finished, he sat down on the bank, with his side to the pool, so that he could watch the trail's entrance. He embraced his knees and laid his chin down on his knees.

The light climbed on out of the valley, and as it went, the tops of the mountains seemed to blaze with increasing brightness.

Lennie said softly, "I di'n't forget, you bet, God damn. Hide in the brush an' wait for George." He pulled his hat down low over his eyes. "George gonna give me hell," he said.

coup sur coup, de légères risées froissèrent la surface de l'eau verte.

Le vent tomba aussi vite qu'il s'était levé, et la clairière redevint silencieuse. Immobile, le héron attendait. Un autre petit serpent remonta la rivière, tournant de droite et de gauche sa tête en petit périscope.

Soudain, Lennie déboucha des fourrés. Il avançait, furtif comme un ours qui rampe. Le héron battit l'air de ses ailes, puis, d'une secousse, il sortit de l'eau et s'enfuit, survolant la rivière. Le petit serpent disparut parmi les roseaux de la rive.

Lennie s'approcha tranquillement du bord de l'eau. Il s'agenouilla et se mit à boire, effleurant à peine l'eau de ses lèvres. Quand, derrière lui, les feuilles sèches craquèrent au passage d'un petit oiseau, il releva la tête brusquement, et il resta les yeux fixes et l'oreille tendue jusqu'à ce qu'il eût aperçu l'oiseau. Alors il laissa retomber sa tête et se remit à boire.

Quand il eut fini, il s'assit sur la rive, de biais, afin de pouvoir surveiller l'entrée du sentier. Il prit ses genoux dans ses deux mains et posa son menton sur ses genoux.

La lumière montait, quittait le fond de la vallée, et, en même temps, le sommet des montagnes paraissait s'embraser d'une lueur grandissante.

Lennie dit doucement : « J'ai pas oublié, tu parles, nom de Dieu. Me cacher dans les fourrés et attendre que George arrive. » Il enfonça son chapeau sur ses yeux. « George va m'engueuler, dit-il.

"George gonna wish he was alone an' not have me botherin' him." He turned his head and looked at the bright mountaintops. "I can go right off there an' find a cave," he said. And he continued sadly, "—an' never have no ketchup—but I won't care. If George don't want me… I'll go away. I'll go away."

And then from out of Lennie's head there came a little fat old woman. She wore thick bull's-eye glasses and she wore a huge gingham apron with pockets, and she was starched and clean. She stood in front of Lennie and put her hands on her hips, and she frowned disapprovingly at him.

And when she spoke, it was in Lennie's voice. "I tol' you an' tol' you," she said. "I tol' you, 'Min' George because he's such a nice fella an' good to you.' But you don't never take no care. You do bad things."

And Lennie answered her, "I tried, Aunt Clara, ma'am. I tried and tried. I couldn' help it."

"You never give a thought to George," she went on in Lennie's voice. "He been doin' nice things for you alla time. When he got a piece a pie you always got half or more'n half. An' if they was any ketchup, why he'd give it all to you."

"I know," said Lennie miserably. "I tried, Aunt Clara, ma'am. I tried and tried."

George va regretter de n'être pas seul, et que je sois là, à l'ennuyer. » Il tourna la tête et regarda le sommet lumineux des montagnes. « J'pourrais aller là-haut et me chercher une caverne », dit-il. Puis il continua tristement : « … et plus jamais de coulis de tomates… mais, j'm'en fous. Si George n'veut plus de moi… j'm'en irai, j'm'en irai. »

Et alors, du cerveau de Lennie sortit une grosse petite vieille. Elle portait des lunettes à verres épais et un tablier à poches en guingamp, et elle était propre et empesée. Elle se tenait devant Lennie, les poings sur les hanches, et elle le regardait en fronçant les sourcils d'un air de reproche.

Et, quand elle parla, ce fut par la voix de Lennie. « Je te l'ai dit et redit, dit-elle. Je te l'ai dit : "Suis les conseils de George, parce que c'est un gentil garçon, et il est toujours très bon pour toi." Mais tu n'en fais pas de cas. Tu fais de vilaines choses. »

Et Lennie répondit : « J'ai essayé, tante Clara. J'ai essayé et essayé, ma tante. J'ai pas pu m'en empêcher.

— Tu ne penses jamais à George, continua-t-elle par la voix de Lennie. Il ne cesse de te faire des gentillesses. Quand il a un morceau de tarte, il t'en donne toujours la moitié, et même un peu plus. Et s'il y avait du coulis de tomates, il serait capable de tout te le donner.

— Je le sais, dit Lennie misérablement. J'ai essayé, tante Clara. J'ai essayé et essayé, ma tante. »

She interrupted him. "All the time he coulda had such a good time if it wasn't for you. He woulda took his pay an' raised hell in a whore house, and he coulda set in a poolroom an' played snooker. But he got to take care of you."

Lennie moaned with grief. "I know, Aunt Clara, ma'am. I'll go right off in the hills an' I'll fin' a cave an' I'll live there so I won't be no more trouble to George."

"You jus' say that," she said sharply. "You're always sayin' that, an' you know sonofabitching well you ain't never gonna do it. You'll jus' stick around an' stew the b'Jesus outta George all the time."

Lennie said, "I might jus' as well go away. George ain't gonna let me tend no rabbits now."

Aunt Clara was gone, and from out of Lennie's head there came a gigantic rabbit. It sat on its haunches in front of him, and it waggled its ears and crinkled its nose at him. And it spoke in Lennie's voice too.

"Tend rabbits," it said scornfully. "You crazy bastard. You ain't fit to lick the boots of no rabbit. You'd forget 'em and let 'em go hungry. That's what you'd do. An' then what would George think?"

"I would *not* forget," Lennie said loudly.

"The hell you wouldn'," said the rabbit. "You ain't worth a greased jack-pin to ram you into hell. Christ knows George done ever'thing he could to jack you outta the sewer, but it don't do no good. If you think George gonna let you tend rabbits, you're even crazier'n usual.

Elle l'interrompit : « Il aurait pu être si heureux si t'avais pas été là. Il aurait pu garder tout son salaire et aller rigoler au bordel, et il aurait pu aller faire un billard. Mais il faut qu'il s'occupe de toi. »

Lennie gémissait de chagrin. « Je sais, tante Clara. J'vais m'en aller dans la montagne et me chercher une caverne où que je pourrai vivre, comme ça j'embêterai plus George.

— Tu dis ça, dit-elle d'un ton tranchant. Tu dis tout le temps ça, mais tu sais bien que tu n'seras jamais foutu de le faire. Tu resteras là, comme toujours, à l'emmerder, ce pauvre George. »

Lennie dit : « Vaut autant m'en aller. George ne me laissera plus soigner les lapins, maintenant. »

Et tante Clara disparut, et du cerveau de Lennie sortit un lapin gigantesque. Il s'assit en face de lui, remua les oreilles et trémoussa le nez. Et il parla également par la voix de Lennie.

« Soigner les lapins ! dit-il avec mépris. Bougre d'idiot. Tu ne mérites même pas de leur lécher les bottes, aux lapins. Tu les oublierais, tu les laisserais mourir de faim. Voilà ce que tu ferais. Et alors, George, qu'est-ce qu'il dirait ?

— Non, j'oublierais *pas*, dit Lennie à haute voix.

— J't'en fous, dit le lapin. Tu n'vaux pas la corde pour te pendre. Dieu sait que George a fait tout ce qu'il était possible de faire pour te tirer du ruisseau, mais ça n'a servi à rien. Si tu te figures que George va te laisser soigner les lapins, t'es encore plus dingo que d'habitude.

He ain't. He's gonna beat hell outta you with a stick, that's what he's gonna do."

Now Lennie retorted belligerently, "He ain't neither. George won't do nothing like that. I've knew George since—I forget when—and he ain't never raised his han' to me with a stick. He's nice to me. He ain't gonna be mean."

"Well he's sick of you," said the rabbit. "He's gonna beat hell outta you an' then go away an' leave you."

"He won't," Lennie cried frantically. "He won't do nothing like that. I know George. Me an' him travels together."

But the rabbit repeated softly over and over, "He gonna leave you, ya crazy bastard. He gonna leave ya all alone. He gonna leave ya, crazy bastard."

Lennie put his hands over his ears. "He ain't, I tell ya he ain't." And he cried, "Oh! George—George——George!"

George came quietly out of the brush and the rabbit scuttled back into Lennie's brain.

George said quietly, "What the hell you yellin' about?"

Lennie got up on his knees. "You ain't gonna leave me, are ya, George? I know you ain't."

George came stiffly near and sat down beside him. "No."

"I knowed it," Lennie cried. "You ain't that kind."

George was silent.

Il n'fera jamais ça. Il te foutra une bonne volée de coups de bâton, voilà ce qu'il fera. »

Cette fois, Lennie se rebiffa. « Ça, jamais de la vie. George ne fera jamais une chose pareille. J'connais George depuis… j'sais pas combien de temps… et jamais il ne m'a menacé d'un bâton. Il est gentil avec moi. Il n'va pas commencer à être méchant.

— Oui, mais il en a plein le dos de toi, dit le lapin. Il va bien t'engueuler, et puis il s'en ira, et il te laissera.

— Non, cria Lennie affolé. Non, il n'fera pas une chose pareille. J'le connais, George. Lui et moi, on voyage ensemble. »

Mais, doucement, le lapin répétait sans cesse : « Il te laissera, bougre de couillon. Il te laissera tout seul. Il te laissera, bougre de couillon. »

Des deux mains, Lennie se boucha les oreilles : « Non ! J'te dis que non ! – et il s'écria : – Oh ! George !… George !… George !… »

George sortit tranquillement des fourrés, et le lapin rentra se cacher dans la cervelle de Lennie.

George dit avec calme : « Qu'est-ce que t'as à gueuler ? »

Lennie se redressa sur les genoux : « Tu me laisseras pas, dis, George ? J'sais bien que tu me laisseras pas. »

George, d'un pas raide, se rapprocha et s'assit près de lui. « Non.

— Je l'savais, s'écria Lennie. T'es pas un type à faire ça. »

George resta silencieux.

Lennie said, "George."

"Yeah?"

"I done another bad thing."

"It don't make no difference," George said, and he fell silent again.

Only the topmost ridges were in the sun now. The shadow in the valley was blue and soft. From the distance came the sound of men shouting to one another. George turned his head and listened to the shouts.

Lennie said, "George."

"Yeah?"

"Ain't you gonna give me hell?"

"Give ya hell?"

"Sure, like you always done before. Like, 'If I di'n't have you I'd take my fifty bucks——'"

"Jesus Christ, Lennie! You can't remember nothing that happens, but you remember ever' word I say."

"Well, ain't you gonna say it?"

George shook himself. He said woodenly, "If I was alone I could live so easy." His voice was monotonous, had no emphasis. "I could get a job an' not have no mess." He stopped.

"Go on," said Lennie. "An' when the enda the month come——"

"An' when the end of the month come I could take my fifty bucks an' go to a... cat house..." He stopped again.

Lennie looked eagerly at him. "Go on, George. Ain't you gonna give me no more hell?"

Lennie dit : « George.

— Quoi ?

— J'ai encore fait quelque chose de mal.

— Ça ne fait rien », dit George. Et le silence retomba.

Il n'y avait plus que l'extrême crête des montagnes qui fût maintenant au soleil. Dans la vallée, l'ombre était douce et bleue. Des voix d'hommes qui s'interpellaient retentirent au loin. George tourna la tête et écouta les cris.

Lennie dit : « George.

— Quoi ?

— Tu n'vas pas m'engueuler ?

— T'engueuler ?

— Mais oui, comme t'as déjà fait. Comme ça, tu sais bien : "Si j't'avais pas avec moi, j'prendrais mes cinquante dollars…"

— Sacré nom de Dieu, Lennie ! Tu te rappelles rien de ce qui se passe, mais tu te rappelles chaque mot que je dis.

— Alors, tu vas pas le dire ? »

George se secoua et dit avec raideur : « Si j'étais seul, la vie serait si facile. » Il parlait d'une voix blanche, monotone. « J'pourrais me trouver du travail et j'aurais jamais d'embêtements. » Il s'arrêta.

« Continue, dit Lennie… Et, à la fin du mois…

— Et à la fin du mois, j'prendrais mes cinquante dollars et j'm'en irais… au claque… » Il s'arrêta encore.

Lennie le regardait avec passion : « Continue, George. Tu n'veux plus m'engueuler ?

"No," said George.

"Well, I can go away," said Lennie. "I'll go right off in the hills an' find a cave if you don' want me."

George shook himself again. "No," he said. "I want you to stay with me here."

Lennie said craftily—"Tell me like you done before."

"Tell you what?"

" 'Bout the other guys an' about us."

George said, "Guys like us got no family. They make a little stake an' then they blow it in. They ain't got nobody in the worl' that gives a hoot in hell about 'em——"

"But not us," Lennie cried happily. "Tell about us now."

George was quiet for a moment. "But not us," he said.

"Because——"

"Because I got you an'——"

"An' I got you. We got each other, that's what, that gives a hoot in hell about us," Lennie cried in triumph.

The little evening breeze blew over the clearing and the leaves rustled and the wind waves flowed up the green pool. And the shouts of men sounded again, this time much closer than before.

George took off his hat. He said shakily, "Take off your hat, Lennie. The air feels fine."

Lennie removed his hat dutifully and laid it

— Non, dit George.

— Alors, j'peux m'en aller, dit Lennie. J'vais m'en aller là-haut, dans la montagne, me chercher une caverne si tu ne veux plus de moi. »

George se secoua de nouveau : « Non, dit-il. J'veux que tu restes ici, avec moi. »

Lennie dit avec astuce : « Dis-moi, comme t'as fait déjà.

— Qu'est-ce que tu veux que je te dise ?

— La différence entre nous et les autres types. »

George dit : « Les types comme nous, ils n'ont pas de famille. Ils s'font un peu d'argent, et puis ils le dépensent tout. Y a personne dans le monde pour se faire de la bile à leur sujet…

— *Mais pas nous*, s'écria Lennie tout heureux. Raconte comment c'est pour nous. »

George resta un instant tranquille : « Mais pas nous, dit-il.

— Parce que…

— Parce que moi, j't'ai et…

— Et moi, j't'ai. On est là tous les deux à se faire de la bile l'un pour l'autre, voilà ! » s'écria Lennie, triomphant.

La brise du soir souffla légèrement sur la clairière et une risée courut sur l'eau verte. Et, de nouveau, les voix des hommes retentirent, beaucoup plus près, cette fois.

George enleva son chapeau. Il dit avec un frémissement dans la voix : « Enlève ton chapeau, Lennie. Il fait bon. »

Lennie, docile, enleva son chapeau et le posa

on the ground in front of him. The shadow in the valley was bluer, and the evening came fast. On the wind the sound of crashing in the brush came to them.

Lennie said, “Tell how it’s gonna be.”

George had been listening to the distant sounds. For a moment he was business-like. “Look acrost the river, Lennie, an’ I’ll tell you so you can almost see it.”

Lennie turned his head and looked off across the pool and up the darkening slopes of the Gabilans. “We gonna get a little place,” George began. He reached in his side pocket and brought out Carlson’s Luger; he snapped off the safety, and the hand and gun lay on the ground behind Lennie’s back. He looked at the back of Lennie’s head, at the place where the spine and skull were joined.

A man’s voice called from up the river, and another man answered.

“Go on,” said Lennie.

George raised the gun and his hand shook, and he dropped his hand to the ground again.

“Go on,” said Lennie. “How’s it gonna be? We gonna get a little place.”

“We’ll have a cow,” said George. “An’ we’ll have maybe a pig an’ chickens… an’ down the flat we’ll have a… little piece alfalfa——”

“For the rabbits,” Lennie shouted.

“For the rabbits,” George repeated.

“And I get to tend the rabbits.”

par terre devant lui. Dans la vallée, l'ombre se faisait plus bleue, et le soir tombait vite. Le vent leur apporta un bruit de broussailles foulées.

Lennie dit : « Raconte comment ça sera. »

George avait écouté les bruits lointains. Il sembla un instant parler en homme d'affaires. « Regarde par-dessus la rivière, Lennie, et je vais te raconter si bien que tu pourras presque le voir. »

Lennie tourna la tête et regarda, par-dessus la rivière, les sombres pentes des monts Gabilan. « On aura une petite ferme », commença George. Il mit la main dans la poche de son veston et en sortit le Luger de Carlson. Il enleva le cran d'arrêt, et laissa main et revolver sur le sol, derrière Lennie. Il regarda la nuque de Lennie, l'endroit où l'épine dorsale rejoignait le crâne.

En amont, une voix d'homme appela, et un autre homme lui répondit.

« Continue », dit Lennie.

George leva le revolver, et sa main tremblait, et, de nouveau, il laissa retomber sa main sur le sol.

« Continue, dit Lennie. Comment que ça sera ? On aura une petite ferme.

— On aura une vache, dit George. Et on aura peut-être bien un cochon et des poulets… et, dans le champ… un carré de luzerne…

— Pour les lapins, hurla Lennie.

— Pour les lapins, répéta George.

— Et c'est moi qui soignerai les lapins.

"An' you get to tend the rabbits."

Lennie giggled with happiness. "An' live on the fatta the lan'."

"Yes."

Lennie turned his head.

"No, Lennie. Look down there acrost the river, like you can almost see the place."

Lennie obeyed him. George looked down at the gun.

There were crashing footsteps in the brush now. George turned and looked toward them.

"Go on, George. When we gonna do it?"

"Gonna do it soon."

"Me an' you."

"You… an' me. Ever'body gonna be nice to you. Ain't gonna be no more trouble. Nobody gonna hurt nobody nor steal from 'em."

Lennie said, "I thought you was mad at me, George."

"No," said George. "No, Lennie. I ain't mad. I never been mad, an' I ain't now. That's a thing I want ya to know."

The voices came close now. George raised the gun and listened to the voices.

Lennie begged, "Le's do it now. Le's get that place now."

"Sure, right now. I gotta. We gotta."

— Et c'est toi qui soigneras les lapins. »

Lennie gloussa de bonheur. « Et on vivra comme des rentiers.

— Oui. »

Lennie tourna la tête.

« Non, Lennie. Regarde là-bas, par-dessus la rivière, c'est presque comme si on pouvait la voir, notre ferme. »

Lennie obéit. George baissa les yeux vers le revolver.

Maintenant on entendait des pas dans les fourrés. George se retourna et regarda dans leur direction.

« Continue, George. Quand c'est-il qu'on pourra l'avoir ?

— Bientôt.

— Moi et toi.

— Toi… et moi. Tout l'monde sera gentil avec toi. On n'aura plus d'embêtements. On n'fera plus de mal à personne, on n'volera plus personne. »

Lennie dit : « J'croyais que t'étais fâché avec moi, George.

— Non, dit George. Non, Lennie. J'suis pas fâché. J'ai jamais été fâché, et je le suis pas maintenant. Ça, c'est une chose dont j'veux que tu sois bien sûr. »

Les voix se rapprochaient. George leva le revolver et écouta les voix.

Lennie supplia : « Faisons-le tout de suite. Achetons-la tout de suite, notre petite ferme.

— Mais oui, tout de suite. J'vais le faire. On va le faire tous les deux. »

And George raised the gun and steadied it, and he brought the muzzle of it close to the back of Lennie's head. The hand shook violently, but his face set and his hand steadied. He pulled the trigger. The crash of the shot rolled up the hills and rolled down again. Lennie jarred, and then settled slowly forward to the sand, and he lay without quivering.

George shivered and looked at the gun, and then he threw it from him, back up on the bank, near the pile of old ashes.

The brush seemed filled with cries and with the sound of running feet. Slim's voice shouted, "George. Where you at, George?"

But George sat stiffly on the bank and looked at his right hand that had thrown the gun away. The group burst into the clearing, and Curley was ahead. He saw Lennie lying on the sand. "Got him, by God." He went over and looked down at Lennie, and then he looked back at George. "Right in the back of the head," he said softly.

Slim came directly to George and sat down beside him, sat very close to him. "Never you mind," said Slim. "A guy got to sometimes."

But Carlson was standing over George. "How'd you do it?" he asked.

"I just done it," George said tiredly.

"Did he have my gun?"

"Yeah. He had your gun."

"An' you got it away from him and you took it an' you killed him?"

Et George leva le revolver, l'immobilisa et en approcha le canon tout contre la nuque de Lennie. Sa main tremblait violemment, mais, bientôt, son visage se figea et sa main se raffermit. Il pressa la gâchette. La détonation gravit les collines et en redescendit. Lennie eut un soubresaut, puis il s'affaissa doucement, la face dans le sable, et il resta étendu sans le moindre frisson.

George tressaillit et regarda son arme, puis il la jeta derrière lui, très loin sur la rive, près du tas de vieilles cendres.

Les fourrés semblaient pleins de cris et de pas précipités. La voix de Slim hurla : « George ! Où es-tu, George ? »

Mais George était assis, très raide, sur la rive, et il regardait sa main droite qui venait de lancer le revolver. Le groupe déboucha dans la clairière, et Curley était en tête. Il vit Lennie étendu sur le sable. « Tu l'as eu, nom de Dieu ! » Il s'approcha et regarda Lennie, puis, se retournant, il regarda George. « En plein dans la nuque », dit-il doucement.

Slim vint tout droit vers George et s'assit près de lui, tout près de lui. « T'en fais pas, dit Slim. Y a des choses qu'on est obligé de faire, des fois. »

Mais Carlson se tenait au-dessus de George. « Comment que t'as fait ? demanda-t-il.

— J'l'ai fait, voilà, dit George d'un ton las.

— Est-ce qu'il avait mon revolver ?

— Ouais, il avait ton revolver.

— Et tu le lui as enlevé, et tu l'as pris et tu l'as tué ?

"Yeah. Tha's how." George's voice was almost a whisper. He looked steadily at his right hand that had held the gun.

Slim twitched George's elbow. "Come on, George. Me an' you'll go in an' get a drink."

George let himself be helped to his feet. "Yeah, a drink."

Slim said, "You hadda, George. I swear you hadda. Come on with me." He led George into the entrance of the trail and up toward the highway.

Curley and Carlson looked after them. And Carlson said, "Now what the hell ya suppose is eatin' them two guys?"

— Ouais, c'est ça. » La voix de George n'était plus qu'un murmure. Il ne cessait de regarder sa main droite qui avait tenu le revolver.

Slim saisit George par le coude. « Viens, George. On va aller prendre un verre, tous les deux. »

George accepta son aide pour se remettre debout. « Ouais, un verre. »

Slim dit : « Fallait que tu le fasses, George. J'te jure qu'il le fallait. Viens avec moi. » Il conduisit George jusqu'à l'entrée du sentier, et ils remontèrent vers la route.

Curley et Carlson les suivirent des yeux. Et Carlson dit : « Qu'est-ce qu'ils peuvent bien avoir qui leur fait mal, ces deux-là, t'as idée, toi ? »

DU MÊME AUTEUR

Dans la collection Folio Bilingue

LA PERLE / *THE PEARL* (n° 87)

LE PONEY ROUGE / *THE RED PONY* (n° 114)

DES SOURIS ET DES HOMMES / *OF MICE AND MEN* (n° 224)

Dans les autres collections Folio

DES SOURIS ET DES HOMMES (Folio n° 37 – Folioplus classiques n° 47)

EN UN COMBAT DOUTEUX (Folio n° 228)

LA PERLE (Folio n° 428)

LES PÂTURAGES DU CIEL (Folio n° 692)

TORTILLA FLAT (Folio n° 897)

RUE DE LA SARDINE (Folio n° 787)

LES NAUFRAGÉS DE L'AUTOCAR (Folio n° 861)

LA GRANDE VALLÉE (Folio n° 881)

LES RAISINS DE LA COLÈRE (Folio n° 83)

AU DIEU INCONNU (Folio n° 1232)

LA COUPE D'OR (Folio n° 3073)

LE MEURTRE et autres nouvelles (Folio n° 4846)

DANS LA MÊME COLLECTION

ANGLAIS

ADICHIE *The Arrangements and Other Stories* / Les arrangements et autres histoires

AUSTEN *Lady Susan* / Lady Susan

BARNES *Letters from London (selected letters)* / Lettres de Londres (choix)

BARNES *Levels of Life* / Quand tout est déjà arrivé

BRADBURY *The Illustrated Man and other short stories* / L'Homme Illustré et autres nouvelles

CAPOTE *Breakfast at Tiffany's* / Petit déjeuner chez Tiffany

CAPOTE *Music for Chameleons* / Musique pour caméléons

CAPOTE *One Christmas* / *The Thanksgiving visitor* / Un Noël / L'invité d'un jour

CARROLL *Alice's Adventures in Wonderland* / Les Aventures d'Alice au pays des merveilles

COE *9th and 13th* / 9e et 13e (Désaccords imparfaits)

COLLECTIF (E. Wharton, H. P. Lovecraft, F. Brown) *Bloody Tales* / Histoires sanglantes

COLLECTIF (Amis, Swift, McEwan) *Contemporary English Stories* / Nouvelles anglaises contemporaines

COLLECTIF (Fitzgerald, Miller, Charyn) *New York Stories* / Nouvelles new-yorkaises

CONAN DOYLE *Silver Blaze and other adventures of Sherlock Holmes* / Étoile d'argent et autres aventures de Sherlock Holmes

CONAN DOYLE *The Final Problem and other adventures of Sherlock Holmes* / Le dernier problème et autres aventures de Sherlock Holmes

CONAN DOYLE *The Man with the Twisted Lip and other adventures of Sherlock Holmes* / L'homme à la lèvre tordue et autres aventures de Sherlock Holmes

CONRAD *Gaspar Ruiz* / Gaspar Ruiz

CONRAD *Heart of Darkness* / Au cœur des ténèbres

CONRAD *The Duel* / Le duel

CONRAD *The Secret Sharer* / Le Compagnon secret

CONRAD *Typhoon* / Typhon

CONRAD *Youth* / Jeunesse

DAHL *My Lady Love, my Dove* / Ma blanche colombe

DAHL *Road's Revolting Recipes* / Les irrésistibles recettes de Roald Dahl

DAHL *The Great Switcheroo* / *The Last Act* / La grande entourloupe / Le dernier acte

DAHL *The Princess and the Poacher* / *Princess Mammalia* / La Princesse et le braconnier / La Princesse Mammalia

DAHL *The Umbrella Man and other stories* / L'homme au parapluie et autres nouvelles

DICK *Minority Report* / Rapport minoritaire

DICKENS *A Christmas Carol* / Un chant de Noël

DICKENS *The Cricket on the Hearth* / Le grillon du foyer

FAULKNER *A Rose for Emily* / *That Evening Sun* / *Dry September* / Une rose pour Emily / Soleil couchant / Septembre ardent

FAULKNER *The Wishing Tree* / L'Arbre aux Souhaits

FITZGERALD *Tales of the Jazz Age (selected stories)* / Les enfants du jazz (choix)

FITZGERALD *The Crack-Up and other stories* / La fêlure et autres nouvelles

FITZGERALD *The Rich Boy and other stories* / Le garçon riche et autres histoires

FORSYTH *The Shepherd* / Le berger

HAMMETT *The Gutting of Couffignal / Crooked Souls* / Le sac de Couffignal / Âmes malhonnêtes

HARDY *Two Stories from Wessex Tales* / Deux contes du Wessex

HAWTHORNE *Tales from New England* / Contes de la Nouvelle-Angleterre

HEMINGWAY *Fifty Grand and other short stories* / Cinquante mille dollars et autres nouvelles

HEMINGWAY *The Northern Woods* / Les forêts du Nord

HEMINGWAY *The Old Man and the Sea* / Le vieil homme et la mer

HEMINGWAY *The Snows of Kilimanjaro and other short stories* / Les neiges du Kilimandjaro et autres nouvelles

HIGGINS *Harold and Maude* / Harold et Maude

IRVING *The Legend of Sleepy Hollow / Rip Van Winkle* / La Légende de Sleepy Hollow / Rip Van Winkle

JAMES *Daisy Miller* / Daisy Miller

JAMES *The Birthplace* / La Maison natale

JAMES *The Last of the Valerii* / Le dernier des Valerii

JOYCE *A Painful Case / The Dead* / Un cas douloureux / Les morts

KEROUAC Lonesome Traveler (selected stories) / Le vagabond solitaire (choix)

KEROUAC *Satori in Paris* / Satori à Paris

KIPLING *Just so Stories* / Histoires comme ça

KIPLING *Stalky and Co.* / Stalky et Cie

KIPLING *Wee Willie Winkie* / Wee Willie Winkie

LAWRENCE *Daughters of the Vicar* / Les filles du pasteur

LAWRENCE *The Virgin and the Gipsy* / La vierge et le gitan

LONDON *The Call of the Wild* / L'appel de la forêt

LONDON *The Son of the Wolf and other tales of the Far North* / Le Fils du Loup et autres nouvelles du Grand Nord

LOVECRAFT *The Dunwich Horror* / L'horreur de Dunwich

MANSFIELD *The Garden Party and other stories* / La garden-party et autres nouvelles

MELVILLE *Benito Cereno* / Benito Cereno

MELVILLE *Bartleby the Scrivener* / Bartleby le scribe

O'CONNOR *A Good Man is hard to find and other Short Stories* / Les braves gens ne courent pas les rues et autres nouvelles

ORWELL *Animal Farm* / La ferme des animaux

POE *Mystification and other tales* / Mystification et autres contes

POE *The Assignation and Other Tales* / Le rendez-vous et autres contes

POE *The Murders in the Rue Morgue and other tales* / Double assassinat dans la rue Morgue et autres histoires

RENDELL *The Strawberry Tree* / L'Arbousier

ROTH *Goodbye, Columbus* / Goodbye, Columbus

SHAKESPEARE *Famous scenes* / Scènes célèbres

STEINBECK *Of Mice and Men* / Des souris et des hommes

STEINBECK *The Pearl* / La perle

STEINBECK *The Red Pony* / Le poney rouge

STEVENSON *Ollala* / Ollala

STEVENSON *The Rajah's Diamond* / Le diamant du rajah

STEVENSON *The Strange Case of Dr Jekyll and Mr Hyde* / L'étrange cas du Dr Jekyll et M. Hyde

STYRON *Darkness Visible / A Memoir of Madness* / Face aux ténèbres / Chronique d'une folie

TWAIN *Is he living or is he dead ? and other short stories* / Est-il vivant ou est-il mort ? et autres nouvelles

WELLS *The Country of the Blind and other tales of anticipation* / Le Pays des Aveugles et autres récits d'anticipation

WELLS *The Time Machine* / La Machine à explorer le temps

WILDE *A House of Pomegranates* / Une maison de grenades

WILDE *Lord Arthur Savile's crime* / Le crime de Lord Arthur Savile

WILDE *The Canterville Ghost and other short fictions* / Le Fantôme des Canterville et autres contes

WILDE *The Portrait of Mr. W. H.* / Le portrait de Mr. W. H.

WOOLF *Monday or Tuesday* / Lundi ou mardi

ALLEMAND

ANONYME *Wunderbare Reisen des Freiherrn von Münchhausen* / Les merveilleux voyages du baron de Münchhausen

BERNHARD *Der Stimmenimitator (Auswahl)* / L'imitateur (choix)

BÖLL *Der Zug war pünktlich* / Le train était à l'heure

CHAMISSO *Peter Schlemihls wundersame Geschichte* / L'étrange histoire de Peter Schlemihl

EICHENDORFF *Aus dem Leben eines Taugenichts* / Scènes de la vie d'un propre à rien

FREUD *Das Unheimliche und andere Texte* / L'inquiétante étrangeté et autres textes

FREUD *Die Frage der Laienanalyse* / La question de l'analyse profane

FREUD *Eine Kindheitserinnerung des Leonardo da Vinci* / Un souvenir d'enfance de Léonard de Vinci

FREUD *Selbstdarstellung* / Sigmund Freud présenté par lui-même

GOETHE *Die Leiden des jungen Werther* / Les souffrances du jeune Werther

GOETHE *Faust* / Faust

GRIMM *Das blaue Licht und andere Märchen* / La lumière bleue et autres contes

HANDKE *Die Lehre der Sainte-Victoire* / La leçon de la Sainte-Victoire

HANDKE *Kindergeschichte* / Histoire d'enfant

HANDKE *Lucie im Wald mit den Dingsdda* / Lucie dans la forêt avec les trucs-machins

HOFFMANN *Der Sandmann* / Le marchand de sable

HOFFMANN *Nussknacker und Mausekönig* / Casse-Noisette et le Roi des Rats

HOFMANNSTHAL *Andreas* / Andréas

KAFKA *Beschreibung eines Kampfes* / *Forschungen eines Hundes* / Description d'un combat / Les recherches d'un chien

KAFKA *Brief an den Vater* / Lettre au père

KAFKA *Der Bau* / Le Terrier

KAFKA *Die Verwandlung* / La métamorphose

KAFKA *Ein Landarzt und andere Erzählungen* / Un médecin de campagne et autres récits

KLEIST *Die Marquise von O...* / *Der Zweikampf* / La marquise d'O... / Le duel

KLEIST *Die Verlobung in St. Domingo* / *Der Findling* / Fiançailles à Saint-Domingue / L'enfant trouvé

MANN *Tonio Kröger* / Tonio Kröger

MÖRIKE *Mozart auf der Reise nach Prag* / Un voyage de Mozart à Prague

NIETZSCHE *Ecce homo* / Ecce homo

RILKE *Geschichten vom lieben Gott* / Histoires du Bon Dieu

RILKE *Zwei Prager Geschichten* / Deux histoires pragoises

SCHLINK *Der Andere* / L'autre

TIECK *Der Pokal und andere Märchen* / La coupe d'or et autres contes

VON SCHIRACH *Glück und andere Kurzgeschichten* / Quelle chance ! et autres nouvelles

WALSER *Der Spaziergang* / La promenade

ZWEIG *Brief einer unbekannten* / Lettre d'une inconnue

ZWEIG *Der Amokläufer* / Amok

ZWEIG *Schachnovelle* / Le joueur d'échecs

ZWEIG *Vierundzwanzig Stunden aus dem Leben einer Frau* / Vingt-quatre heures de la vie d'une femme

RUSSE

BABEL *Одесскне рассказы* / Contes d'Odessa

BOULGAKOV *Записки юного врача* / Carnets d'un jeune médecin

BOULGAKOV *Роковыѣе яйца* / Les Œufs du Destin

BOULGAKOV *Морфий* / Morphine

DOSTOÏEVSKI *Записки из подполья* / Carnets du sous-sol

DOSTOÏEVSKI *Кроткая* / *Сон смешного человека* / Douce / Le songe d'un homme ridicule

DOSTOÏEVSKI *Маленький герой* / Un petit héros

GOGOL *Записки сумасшедшего* / *Нос* / *Шинель* / Le journal d'un fou / Le nez / Le manteau

GOGOL *Портрет* / Le portrait

GORKI *Мой спутник* / Mon compagnon

KAZAKOV *На полстанке и другие рассказы* / La petite gare et autres récits

LERMONTOV *Герой нашего времени* / Un héros de notre temps

OULITSKAÏA *Сонечка* / Sonietchka

POUCHKINE *Арап Петра Великого* / Le nègre de Pierre le Grand

POUCHKINE *Дубровского* / Doubrovski

POUCHKINE *Пиковая дама* / La Dame de pique

TCHEKHOV ! *Дама с собачкой / Архиерей / Невеста* / La dame au petit chien / L'évêque / La fiancée

TCHEKHOV *Палата N° 6* / Salle 6

TOLSTOÏ *Дьявол* / Le Diable

TOLSTOÏ *Крейцерова соната* / La sonate à Kreutzer

TOLSTOÏ *Сетейное счастье* / Le bonheur conjugal

TOLSTOÏ *Смерть Ивана Ильича* / La Mort d'Ivan Ilitch

TOURGUENIEV *Ася* / Assia

TOURGUENIEV *Первая любовь* / Premier amour

TOURGUENIEV *Часы* / La montre

TYNIANOV *Подпоручик Киже* / Le lieutenant Kijé

ITALIEN

BARICCO *Novecento. Un monologo* / Novecento : pianiste. Un monologue

BARICCO *Seta* / Soie

BASSANI *Gli occhiali d'oro* / Les lunettes d'or

BOCCACE *Decameron, nove novelle d'amore* / Décameron, neuf nouvelles d'amour

CALVINO *Fiabe italiane* / Contes italiens

COLLECTIF (Verga, Pirandello, Consolo) *Novelle siciliane* / Nouvelles siciliennes

COLLODI *Pipì o lo scimmiottino color di rosa* / Pipì ou le petit singe couleur de rose

D'ANNUNZIO *Il Traghettatore ed altre novelle della Pescara* / Le passeur et autres nouvelles de la Pescara

DANTE *Divina Commedia* / La Divine Comédie (extraits)

DANTE *Vita Nuova* / Vie nouvelle

DE LUCA *Il peso della farfalla* / Le poids du papillon

DE LUCA *Non ora, non quí* / Pas ici, pas maintenant

DE LUCA *Tre cavalli* / Trois chevaux

GOLDONI *La Bottega del caffè* / Le Café

GOLDONI *La Locandiera* / La Locandiera

MACHIAVEL *Il Principe* / Le Prince

MALAPARTE *Il Sole è cieco* / Le Soleil est aveugle

MORANTE *Lo scialle andaluso ed altre novelle* / Le châle andalou et autres nouvelles

MORAVIA *L'amore conjugale* / L'amour conjugal

PASOLINI *Racconti romani* / Nouvelles romaines

PAVESE *La bella estate* / Le bel été

PAVESE *La spiaggia* / La plage

PAVESE *L'idolo e altri racconti* / L'idole et autres récits

PIRANDELLO *Novelle per un anno I (scelta)* / Nouvelles pour une année I (choix)

PIRANDELLO *Novelle per un anno II (scelta)* / Nouvelles pour une année II (choix)

PIRANDELLO *Sei personaggi in cerca d'autore* / Six personnages en quête d'auteur

PIRANDELLO *Vestire gli ignudi* / Vêtir ceux qui sont nus

SCIASCIA *Il contesto* / Le contexte

SVEVO *Corto viaggio sentimentale* / Court voyage sentimental

TABUCCHI *Cinema e altre novelle* / Cinéma et autres nouvelles

VASARI/CELLINI *Vite di artisti* / Vies d'artistes

VERGA *Cavalleria rusticana ed altre novelle* / Cavalleria rusticana et autres nouvelles

ESPAGNOL

ASTURIAS *Leyendas de Guatemala* / Légendes du Guatemala

BORGES *El Aleph y otros cuentos* / L'Aleph et autres contes

BORGES *El libro de arena* / Le livre de sable

BORGES *Ficciones* / Fictions

CALDERÓN DE LA BARCA *La vida es sueño* / La vie est un songe

CARPENTIER *Concierto barroco* / Concert baroque

CARPENTIER *El acoso* / Chasse à l'homme

CARPENTIER *Guerra del tiempo* / Guerre du temps

CERVANTES *El amante liberal* / L'amant généreux

CERVANTES *El celoso extremeño* / *Las dos doncellas* / Le Jaloux d'Estrémadure / Les Deux Jeunes Filles

CERVANTES *Novelas ejemplares (selección)* / Nouvelles exemplaires (choix)

COLLECTIF (Fuentes, Pitol, Rossi) *Escritores mexicanos* / Écrivains mexicains

COLLECTIF (Marsé, Zarraluki, España) *Historias de Barcelona* / Histoires de Barcelone

CORTÁZAR *Historias inéditas de Gabriel Medrano* / Histoires de Gabriel Medrano

CORTÁZAR *Las armas secretas* / Les armes secrètes

CORTÁZAR *Queremos tanto a Glenda (selección)* / Nous l'aimions tant, Glenda (choix)

FUENTES *Las dos orillas* / Les deux rives

FUENTES *Los huos del conquistador* / Les fils du conquistador

GARCÍA LORCA *Bodas de sangra* / Noces de sang

GARCÍA LORCA *Mi pueblo y otros escritos* / Mon village et autres textes

GARCÍA LORCA *Yerma* / Yerma

NERUDA *Confieso que he vivido. Juventud* / J'avoue que j'ai vécu. Jeunesse

RIVAS *La lengua de las mariposas y otras novelas (selección)* / La langue des papillons et autres nouvelles (choix)

RULFO *El Llano en llamas (selección)* / Le Llano en flammes (choix)

TIRSO DE MOLINA *El Burlador de Sevilla y convidado de piedra* / Le Trompeur de Séville et l'Invité de pierre

UNAMUNO *Cuentos (selección)* / Contes (choix)

VALLE-INCLÁN *Un día de guerra (Visión estelar)* / Un jour de guerre vu des étoiles

VARGAS LLOSA *Los cachorros* / Les chiots

VARGAS LLOSA *Los jefes* / Les caïds

PORTUGAIS

EÇA DE QUEIROZ *Singularidades de uma rapariga loira* / Une singulière jeune fille blonde

MACHADO DE ASSIS *O alienista* / L'aliéniste

JAPONAIS

RYÔKAN 梅の花 *(Ume no hana)* / Ô pruniers en fleur

CHINOIS

ANONYMES 詩經 *(Shijing)* / Le Classique des Poèmes

Composition Nord Compo
Impression Maury Imprimeur
45330 Malesherbes
le 25 mai 2020.
Dépôt légal : mai 2020.
Numéro d'imprimeur : 245547.

ISBN 978-2-07-287272-3. / Imprimé en France.

360199